歴史探偵《れきしたんてい》アン&リック

壇ノ浦《だんのうら》に消《き》えた剣《けん》

小森香折 作　染谷みのる 絵

偕成社

もくじ

登場人物紹介《とうじょうじんぶつしょうかい》

アンこと花畑杏珠《はなばたけあんじゅ》

ファッションが大好《だいす》き。
じつは、演技《えんぎ》もじょうず。

リックこと石松《いしまつ》 陸《りく》

頭も運動神経《しんけい》もいい変人《へんじん》。
じつは、苦手なものがいろいろある。

花畑《はなばたけ》紗和《さわ》

アンの母親。デパートで
ファッションソムリエをしている。

伝兵衛《でんべえ》（長瀬明義《ながせあきよし》）

老舗《しにせ》の乾物屋《かんぶつや》、波左間屋《はざまや》の主人。
紗和《さわ》とつきあっている。

鶴田《つるた》 誠《まこと》

唐津《からつ》の老舗《しにせ》旅館、玄海楼《げんかいろう》の主《あるじ》。
松浦党《まつらとう》の子孫《しそん》で、宝《たから》さがしを依頼《いらい》する。

千葉《ちば》 航《わたる》

海でであった地元の少年。
松浦党《まつらとう》の子孫《しそん》。

大原教授《おおはらきょうじゅ》

水軍《すいぐん》の研究《けんきゅう》をしている
歴史学《れきしがく》の専門家《せんもんか》。

鶴田《つるた》 健《たける》

誠《まこと》の父親。
宝剣《ほうけん》の存在《そんざい》を信《しん》じている。

安徳天皇《あんとくてんのう》

壇ノ浦《だんのうら》の戦《たたか》い（1185年）で、
宝剣《ほうけん》とともに海にしずむ。
平 清盛《たいらのきよもり》の孫《まご》にあたる。

波多《はた》 親《ちかし》

松浦党《まつらとう》の有力な一族、
波多氏《はたし》の最後《さいご》の当主。
1594年に豊臣秀吉《とよとみひでよし》によって
改易《かいえき》される。

松浦党《まつらとう》のひとびと

九州《きゅうしゅう》の海をなわばりとした
武士団《ぶしだん》。
壇ノ浦《だんのうら》の戦《たたか》いでは、
はじめ平家《へいけ》に味方するが
とちゅうで源氏《げんじ》に寝返《ねがえ》る。

はじめに

山口県《やまぐちけん》の壇ノ浦《だんのうら》といえば、平家《へいけ》がほろんだところとして有名だよね。

平家ってなにかというと、平氏《へいし》、つまり平《たいら》の姓《せい》を名のるひとたちのなかで、十二世紀末《せいきまつ》に政権《せいけん》をにぎった平清盛《たいらのきよもり》の一族を、そうよぶんだ。

「祇園精舎《ぎおんしょうじゃ》の鐘《かね》の声、諸行無常《しょぎょうむじょう》の響《ひび》きあり。」

こうはじまる『平家物語《へいけものがたり》』は、武士《ぶし》の一族だった平家が、朝廷《ちょうてい》の実力者になって栄華《えいが》をきわめたあと、源氏《げんじ》にほろぼされるお話。

源氏も武士の一族で、名字は源《みなもと》。つまり、源さんと平さんがたたかって、源さんが勝ったんだ。源氏と平氏の戦《たたか》いは何度もあって、最後《さいご》の合戦《かっせん》の場所

が、壇ノ浦《だんのうら》だった。
『平家物語《へいけものがたり》』ができたのは鎌倉《かまくら》時代らしいけど、作者はだれなのか、よくわかっていない。琵琶法師《びわほうし》によってひろめられ、かえられたり、つけくわえられたりしてつたわってきた。

歴史的《れきしてき》な事実がもとになっているけれど、物語だから、ほんとうではないこともまざっている。

おぼえておいてほしいのは、『平家物語』が、平家の霊《れい》をなぐさめるために書かれたことだ。壇ノ浦では、幼《おさな》い安徳天皇《あんとくてんのう》も犠牲《ぎせい》になっているからね。いまとちがって、天皇《てんのう》や権力者《けんりょくしゃ》を死なせると、たたられるという考えがあったんだよ。

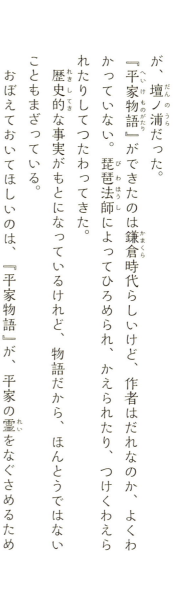

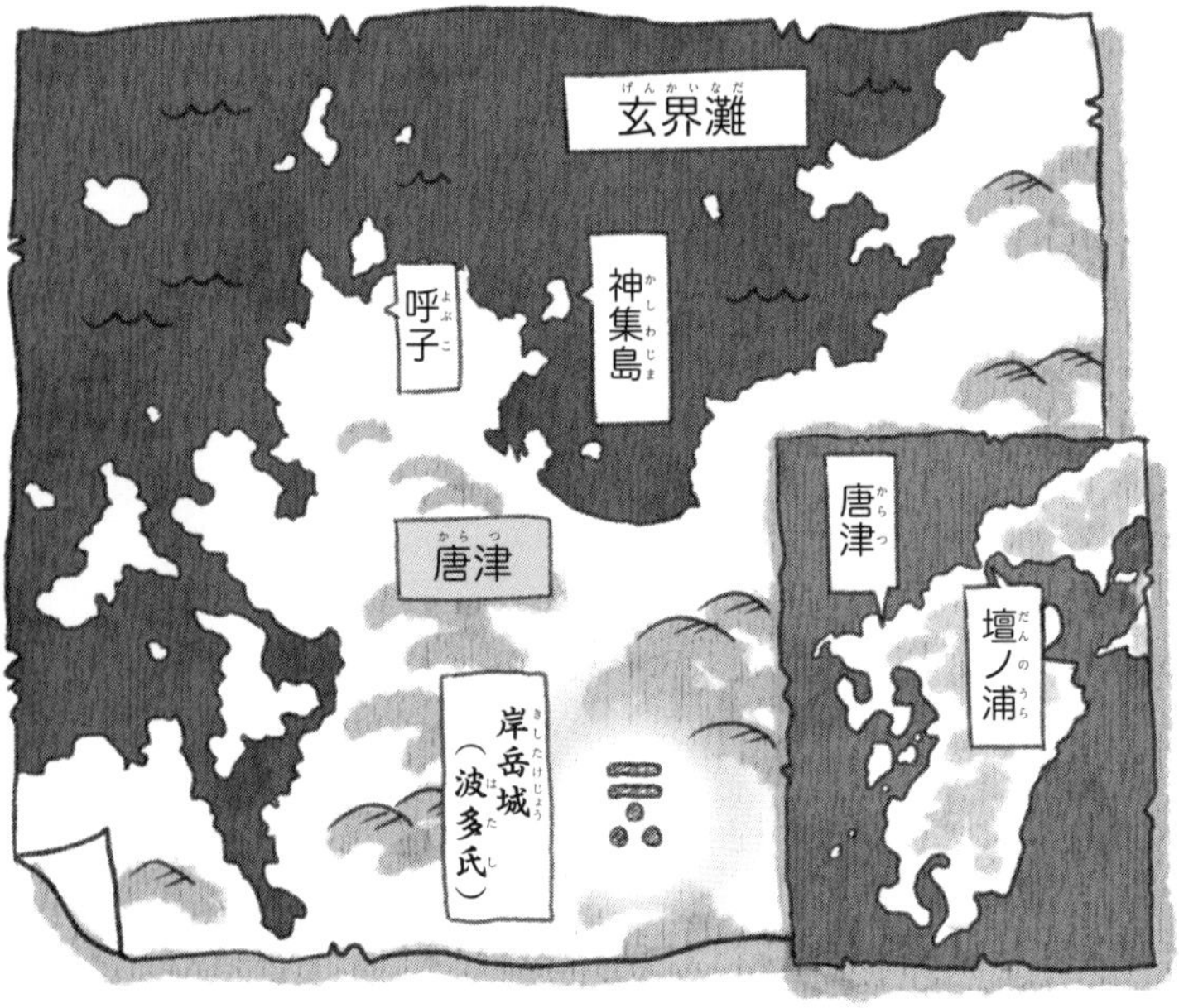
玄界灘《げんかいなだ》
呼子《よぶこ》
神集島《かしわじま》
唐津《からつ》
岸岳城《きしたけじょう》（波多氏《はたし》）
唐津《からつ》
壇《だん》ノ《の》浦《うら》

装丁　山﨑理佐子

歴史《れきし》探偵《たんてい》アン&リック

壇《だん》ノ《の》浦《うら》に消《き》えた剣《けん》

1 はじまりはナス

アン

わたしの名前は、花畑杏珠《はなばたけあんじゅ》。

真間山《ままさん》小学校の六年生で、ファッションソムリエをしているママとふたりぐらし。パパは、わたしが幼稚園《ようちえん》のときに天国へ行ってしまった。

海が見える茅ヶ崎《ちがさき》のアパートから、千葉県《ちばけん》の市川市《いちかわし》にひっこしてきたのが、去年の夏。

ひっこしたわけは、親戚《しんせき》の波左間千鶴子《はざまちづこ》さんが、ママにお屋敷《やしき》をのこしてくれたから。

千鶴子さんには、茶のみ友だちがいた。

わたしと同学年の、石松陸《いしまつりく》。はじめは変人《へんじん》だと思ってたけど、いまではアンとリックってよびあう友だちなの。

わたしたちがどうやって里見家《さとみけ》のお宝《たから》をみつけたか知りたければ、『里見家の宝をさがせ！』っていう本を読んでね。

その話ならもう知ってるっていうひとでも、安心して。これからはじまるのは、ぜんぜんべつの宝さがしのお話だから。

こんどの冒険《ぼうけん》ではいろんなことがあったけど、なにがはじまりだったかは、はっきりしてるの。

それは、ナスだってこと。


「このワンピース、かわいいでしょ。」

遊びにきたリックの前で、わたしはくるりとターンした。白地に赤の水玉ワンピースのすそが、かろやかにゆれる。

「梅雨《つゆ》って、水玉が着たくなる季節《きせつ》よね。それにほら、水玉が下にいくほど大きくなるのがポイントなの。」

洗《あら》いざらしのTシャツを着たリックは、興味《きょうみ》がなさそう。ファッションレッスンをしてあげても、はりあいがないのよね。

リックは勝手に台所に入って、お茶をいれはじめた。

「レモンクッキーとウエハースがあるわよ」と声をかける。

「お茶うけなら、よいち漬《づ》け持ってきたから。」

「よいち漬け？」

リックは小鉢《こばち》にもったお漬物《つけもの》を、お茶といっしょにはこんできた。

「ナスのよいち漬け。となりの松戸市《まつどし》の名物だよ。小ナスのこうじ漬けなんだ。」

あんまり見かけない、ころんとした小ナスのお漬物。ためしにひとくち食べてみる。

「ふうん、しょっぱくない。でも最近《さいきん》、こういうのってはやりよね。」

「はやり？」

「高橋《たかはし》さんのトマトとか、源五郎《げんごろう》さんの新茶とか、よくあるじゃない。」

リックの目が、すっとほそくなる。

「もしかして、那須与一《なすのよいち》を知らないの？」

「よいちさんって、そんなに有名なの？」

「あのね。那須与一はナスづくりの名人じゃなくて、『平家物語《へいけものがたり》』にでてくる若武者《わかむしゃ》だよ。

扇《おうぎ》の的《まと》を射《い》る場面で有名じゃない。」

いいわすれたけど、リックは歴史《れきし》マニアなの。

「『平家物語《へいけものがたり》』って、どんな話だったっけ？」

「平清盛《たいらのきよもり》によってさかえた平家が、源頼朝《みなもとのよりとも》ひきいる源氏《げんじ》にほろぼされる話。運動会《うんどうかい》なんかで紅白《こうはく》にわかれるのも、源平《げんぺい》の戦《たたか》いからきてるんだよ。源氏は白旗《しろはた》、平家は赤旗《あかはた》を立てていたから。」

「じゃあ白組が勝ったのね。」

「そう。元暦《げんりゃく》二年（一一八五年）三月、平家は壇《だん》ノ浦《うら》でほろびた。」

リックの目が、きらりと光る。

「那須与一《なすのよいち》がでてくるのはその一か月前、瀬戸内海《せとないかい》の屋島《やしま》での合戦《かっせん》だよ。平家を奇襲《きしゅう》したのは、源義経《みなもとのよしつね》ひきいる軍勢《ぐんぜい》で……。」

たいへん、話が長くなりそう。歴史話となると、リックはとまらないの。

「それで与一さんは、どっち組だったの？」

「もちろん源氏だよ。奇襲されて海にのがれた平家も、またおしよせて合戦になった。日がくれて戦《たたか》いがやむと、沖《おき》の平家軍《へいけぐん》から小舟《こぶね》が一艘《いっそう》近づいてきたんだ。船には若《わか》い女がのっていて、扇《おうぎ》をつけたさおを立てていた。」

わたしは、がぜん興味《きょうみ》がわいてきた。

むさくるしい戦場に、とつぜんあらわれた美女《びじょ》。きっと、すごい注目をあびたはずよ。

「女は、海岸にいる源氏《げんじ》の武士《ぶし》に手まねきをした。扇の的《まと》を射《い》ぬいてみろって、挑発《ちょうはつ》したんだよ。」

「わかった。紅《あか》い着物だったんでしょ。」

「那須与一《なすのよいち》が？」

「じゃなくて、船にのってた美女。ぜったい平家カラーの赤を着てたはずよ。」

「ええと、どうだったっけ。」リックは、目をぱちぱちさせた。「ていうか、そこに反応《はんのう》する？」

「だって、すごく大事なとこじゃない。」

「まあいいや、しらべとくよ。とにかく、弓の名手《めいしゅ》の与一が射手《いて》にえらばれた。はずしたら源氏の恥《はじ》になるから、責任《せきにん》は重大だよね。失敗《しっぱい》したら死ぬ覚悟《かくご》で弓をひいた与一は、みごとに扇《おうぎ》の的《まと》を射《い》ぬいたんだ。源氏《げんじ》はもちろん、船の上で見物していた平家《へいけ》も、歓声《かんせい》をあげて与一《よいち》をたたえた。」

「むかしの戦《たたか》いって、のんびりしてたのね。」

「武士《ぶし》といえば、馬にのって弓を射る技術《ぎじゅつ》がかんじんだったんだ。『平家物語《へいけものがたり》』によれば、的までの距離《きょり》は七十メートルぐらい。実際《じっさい》はもっと短かっただろうけど、ゆれてる的を射ぬいたんだから、やっぱり那須与一《なすのよいち》はすごいよ。まさか自分の名前の漬物《つけもの》ができるとは、思ってなかったろうけど。」

「与一さんの矢が女のひとにあたらなくて、ほんとうによかったわ。」

「よいち漬《づ》けの小ナスは、いくさに負けた平家の落人《おちうど》が栽培《さいばい》していたものなんだって。」

「源氏と平家のコラボなのね。」

わたしはもうひとつ、よいち漬けをつまんだ。

源氏と平家の戦いなんて、わたしには関係《かんけい》がない、遠いむかしの物語。

そう思っていたんだけど。

2 みっつの宝《たから》

リック

その日は、朝から雨だった。

伝兵衛《でんべえ》さんによびだされ、うちは市川駅《いちかわえき》に近い甘味処《かんみどころ》にでかけた。

おじいちゃんみたいな名前だけど、伝兵衛さんはまだ三十代だ。波左間屋《はざまや》の店主は、代々《だいだい》伝兵衛の名前をつぐことになっているからね。先代の千鶴子《ちづこ》さんは伝兵衛さんの人柄《ひとがら》を見こんで、海産物店《かいさんぶつてん》の老舗《しにせ》である波左間屋をゆずったんだ。そしてお屋敷《やしき》は、遠縁《とおえん》のアン母娘《おやこ》にゆずられた。

伝兵衛さんは、アンのお母さんの紗和《さわ》さんとつきあっている。

甘味処にはアン母娘もくるっていうから、なんの話だろう。

ひょっとしたら、婚約発表《こんやくはっぴょう》でもする気かな。

甘味屋《かんみや》に入ると、アン母娘《おやこ》はもうきていた。アンは抹茶《まっちゃ》パフェ、紗和《さわ》さんはみつ豆を食べている。うちは磯辺焼《いそべや》きを注文した。

「陸《りく》ちゃん、ひさしぶり。また背《せ》がのびたかしら？」

紗和さんは、さわやかな笑顔《えがお》をみせた。

ほんとに、伝兵衛《でんべえ》さんにはもったいないようなひとだよね。

アンにとっても、もったいないようなお母さんだけど。

「伝兵衛さんは、まだきてないの？」

「そうなのよ。ひとをよびだしといて、遅刻《ちこく》なの」とアン。

「きっと、お店がたてこんでいるのよ。」

紗和さんが、さりげなく伝兵衛さんの肩《かた》をもつ。

「こないだの話だけど、扇《おうぎ》の的《まと》のひとが着ていたものがわかったよ。『平家物語《へいけものがたり》』によれば五枚《まい》の着物をかさねて、紅《べに》の袴《はかま》をはいていた。上着は柳襲《やなぎがさね》で……。」

「ヤナギガサネ？」

「襲《かさね》はね、色のちがう着物をかさねて、グラデーションをたのしむよそおいよ。」

紗和《さわ》さんはファッション関係《かんけい》の仕事をしているので、さすがにくわしい。

「色の組み合わせがたくさんあって、名前のつけかたもしゃれているの。いままでいったら、チュールやシフォンをすかして、下の色を見せるファッションに通じるかしら。」

「あ、そういうの好《す》き。わたしもカーキ色の、チュールのスカートもってる。エアリーでふわっとひろがるスカートだから、上はタイトにするのがポイントよね。カーキにあわせるのはオレンジかグレーってところだけど……。」

うわ、はじまった。

おしゃれの話となると、アンはとまらないんだ。

「柳襲《やなぎがさね》は、きみどりと白の組み合わせ」と、アンをさえぎる。「きみどり色の生地《きじ》がすけて見えるように、上に白い着物をはおっていた。」

「すてき！　赤をつかってるとは思ったけど、上にペールグリーンをもってくるなんて上級者ね。夕暮《ゆうぐ》れの海だったら、白っぽいほうがめだつだろうし。」

「ちなみに扇《おうぎ》は紅地《べにじ》に、金の丸。」

「きらびやか。さすがは平安《へいあん》時代の美意識《びいしき》ね。」

紗和《さわ》さんも、うっとりしている。

「『平家物語《へいけものがたり》』をちゃんと読んだことはないけれど、平家は貴族的《きぞくてき》で優雅《ゆうが》、源氏《げんじ》はあらあらしい武士《ぶし》ってイメージかしら。」

「両方とも武士ですけどね。うちらは平家が負けたって知ってるから、そういうふうに感じるんじゃないのかな。『陸《りく》の源氏、海の平家』といって、海戦《かいせん》なら平家がぜったい有利《ゆうり》だと思われていたんだから。」

その時代に生きていたひとたちは、勝負がどっちにころぶか、ぎりぎりまでわからなかったはずだ。歴史《れきし》を考えるときに、わすれちゃいけないポイントだよね。

「ふたりとも神奈川県民《かながわけんみん》だったのに、源氏びいきじゃないの？」

「べつに。鎌倉《かまくら》は好《す》きだけど」とアン。

紗和さんも首を横にふった。

「子どものころは、かっこいい義経《よしつね》にあこがれたわ。でも平家の最期《さいご》って、かなしすぎるんですもの。『波の下にも都がございますよ』って、安徳天皇《あんとくてんのう》をだいて海にとびこむでしょう？」

アンは、きょとんとしている。

まいったな。どこから説明《せつめい》しよう。

「安徳天皇《あんとくてんのう》は、平清盛《たいらのきよもり》の孫《まご》だよ。自分の娘《むすめ》を天皇家に嫁《とつ》がせて、つぎの天皇のおじいさんになるっていうのが、平安《へいあん》時代の権力者《けんりょくしゃ》のやり方だったんだ。清盛が死んだあとも、平家一門《へいけいちもん》は朝廷《ちょうてい》で力をもっていた。でも東から源氏《げんじ》がせめてきたから、京をはなれて西へ逃《に》げたんだ。まだ子どもの安徳天皇をつれ、三種《さんしゅ》の神器《じんぎ》を持ってね。」

「サンシュのジンギ？」

「三種類《しゅるい》の、神《かみ》の器《うつわ》。天皇の位《くらい》を象徴《しょうちょう》する、みっつの宝物《たからもの》だよ。八咫鏡《やたのかがみ》と、八尺瓊勾玉《やさかにのまがたま》と、草薙剣《くさなぎのつるぎ》。」

「みっつとも、舌《した》をかみそう。」

「ようするに、とくべつな力のある鏡《かがみ》と勾玉《まがたま》と剣《つるぎ》だね。天皇《てんのう》になるには、このみっつをひきつぐことが必要《ひつよう》なんだ。」

「三種《さんしゅ》の神器《じんぎ》といえば、テレビと冷蔵庫《れいぞうこ》と洗濯機《せんたくき》っていう時代があったわね」と紗和《さわ》さん。

「いまでもよくきく言葉なのに、ほんとうはなにかなんて、考えたことがなかったわ。」

「勾玉って、くりんとして、首かざりなんかにするのでしょ？」とアン。「なんでできているの？　ひすい？　それともサンゴ？」

「えっと、それはまたしらべとく。」

やんなるなあ。うちって、なんで知らないことばかりなんだろう。

「源氏《げんじ》はとうぜん、三種の神器と安徳《あんとく》天皇を平家《へいけ》からうばおうとした。壇ノ浦《だんのうら》の戦《たたか》いで負けが決まっても、平家は神器も天皇もわたしたくなかったんだろうね。だから平清盛《たいらのきよもり》の妻《つま》だった二位《にい》の尼《あま》が、安徳天皇をだいて海にしずんだんだ。」

「自分の孫《まご》を道づれにするなんて、わたしには、とても信《しん》じられないわ。」

紗和《さわ》さんが、きゅっと口をむすぶ。

「『平家物語《へいけものがたり》』によれば、二位《にい》の尼《あま》は勾玉《まがたま》をいれた箱《はこ》をかかえて、宝剣《ほうけん》をさしていた。鏡《かがみ》は、女官《じょかん》のひとりが持って、海にとびこんだっていうんだけど。」

「じゃあ三種《さんしゅ》の神器《じんぎ》は、みんな海にしずんじゃったの?」

「勾玉と鏡はみつかった。でも安徳天皇《あんとくてんのう》と宝剣は、いくらさがしてもみつからなかったんだ。」

「じゃあもしかして、死ななかったのかも」とアン。

「生きのびたって伝説《でんせつ》も、あるけどね。でもやっぱり、亡《な》くなったんだと思うよ。」

「宝剣はいまでも、壇ノ浦《だんのうら》の海底《かいてい》にしずんでいるのかしら。」

紗和《さわ》さんが、遠い目になる。

「戦《たたか》いがおわったあとの海には、無数《むすう》の赤い旗《はた》が、紅葉《もみじ》みたいにただよっていたんだって。」

亡くなった平家一門《いちもん》の遺体《いたい》も、波間《なみま》にうかんでいたんだろうな……。

「あれ、しんみりして、どうかしたの?」

うわっ、びっくりした。

気がつくと、伝兵衛《でんべえ》さんが立っていた。

「すみません。ちょっとお客さんがたてこんで。だいぶ、またせちゃったかな?」

あわててかけてきたらしく、息をはずませている。

「そうじゃないの。わたしたち、壇ノ浦《だんのうら》の話をしていたから。」

紗和《さわ》さんがそういうと、伝兵衛さんはおどろいた顔をした。

3　バカンスの計画　アン

「どうかしたの？」

わたしは伝兵衛《でんべえ》さんにきいた。

「いや、その、べつに。」

伝兵衛さんは目をおよがせて、ママのとなりにすわりこんだ。お店のひとに「いつもの？」ときかれて、うなずいている。

「わるかったですね。雨の日によびだしちゃって。」

ママとつきあってるのに、伝兵衛さんは、あいかわらず他人行儀《たにんぎょうぎ》なの。ちょっとじれったい。

「ううん。なにか、とくべつな話？」

ピンク色のシャツを着たママは、大人《おとな》かわいい。冷房《れいぼう》がきいてるから、濃《こ》いピンク色のカーディガンをはおっている。ついでにいうと、カーディガンっていうのは、イギリスのカーディガン伯爵《はくしゃく》がもとになってるの。

わたしはラベンダー色のブラウスに、パープルでハイウエストのスカート。イメージはアジサイの花。ママもいってるけど、その季節《きせつ》に咲《さ》く花のイメージで服をえらぶといいのよ。

伝兵衛《でんべえ》さんは紺《こん》のギンガムチェックのシャツに、チノパン。ママがえらんだものだから、ぴったりフィットしている。ありきたりなトラッドだけど、スタイリッシュな服は着こなせないのよね。それでも一年前にくらべれば、すごくましになったけど。

「ええっと。こんどの夏休みなんだけど、なにか予定はあるのかな？」

伝兵衛さんはそういって、わたしとリックを見た。

「ふたりとも、中学受験《じゅけん》はしないんだよね？」

わたしはうなずいた。リックといっしょに、地元《じもと》の国府台《こうのだい》中学にすすむつもり。制服《せいふく》のかわいい私立《しりつ》にもあこがれるけど、いそがしくて受験勉強《じゅけんべんきょう》をするひまがない。

里見家《さとみけ》の宝《たから》をみつけたことがニュースになってから、家宝《かほう》をみつけてくれって話が、わんさとまいこんだの。徳川家《とくがわけ》の埋蔵金《まいぞうきん》なんていうメジャーなものから、形見《かたみ》の指輪《ゆびわ》まで。たいていは思いこみか、ほら話だったけど、ことわるだけでもたいへんなのよ。

「夏休みの計画は、まだ具体的《ぐたいてき》にはなにも」とママが答えた。「有給《ゆうきゅう》は、だいぶたまってるんだけど。」

「ママったら、働《はたら》きすぎ。去年の夏はひっこしでつぶれちゃったから、今年こそ、ちゃんとバカンスするって約束《やくそく》でしょ。わたしはハワイかバリ島がいいな。」

「うちの予定は、だいぶつまってるけど。」

リックは、ぶあつい手帳《てちょう》をとりだした。

「そろばんの全国大会があるし、弓道《きゅうどう》クラブの合宿と、あと家族でキャンプにも行くし。で、いつなにをする計画？」

「日にちは、都合《つごう》をきいて決めようと思って。それに、日帰りっていうわけにはいかないから。」

え？

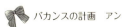

わたしたち三人は、びっくりして伝兵衛《でんべえ》さんを見た。

「いや、その、唐津《からつ》って、行ったことがありますか?」

「佐賀県《さがけん》の?」とリック。

「唐津焼《からつやき》の唐津のことかしら」とママ。

「そうそう。」

伝兵衛さんは、うれしそうにうなずいた。

「話したかもしれないけど、母の実家が唐津でね。高校のときに祖母《そぼ》が亡《な》くなって、親戚《しんせき》はもういないんだけど。」

伝兵衛さんの前に、いつものクリームあんみつがはこばれてきた。

「子どものころは、よく遊びにいってたんですよ。唐津は、ほんとうにいいところでね。魚はおいしいし、しっとりした城下町《じょうかまち》で。」

伝兵衛さんは、なつかしそうだ。

「幼《おさな》なじみに鶴田誠《つるたまこと》っていうのがいてね。すごいガキ大将《だいしょう》だったけど、玄海楼《げんかいろう》って、唐津では有名な旅館のあとをついだんです。だからゆっくり泊《と》まりにきてくれって、うるさい

んですよ。」

「つまり、婚前《こんぜん》旅行？」

デリカシーのないリックがいうと、伝兵衛《でんべえ》さんは、ゆでダコみたいに真っ赤になった。

「いやいやいやいや。そんなんじゃなくて。そんなんていうか、その、つまり、なんです、ちゃんと部屋もべつべつだし。」

「いやあねえ、陸《りく》ちゃんったら。」

ママも、ほんのり赤くなっている。

「はなれがあいてるから、宿泊料《しゅくはくりょう》はいらないっていうんだけど。」

ただで老舗《しにせ》旅館に泊《と》まれるってこと？　それはお得《とく》かも。

「でも、そういうわけには」とママ。

「ぼくから、それなりのお礼《れい》はしますからご心配なく。店のほうも四、五日なら、ぼくがいなくても平気だし。とにかく杏珠《あんじゅ》ちゃんと陸くん、じゃなくて陸ちゃんを、ぜったいにつれてこいっていうんですよ。」

リックを男の子だと思っていた伝兵衛さんは、いまだにいいまちがえる。

「うちらを？　なんで？」

「もしかして、また宝《たから》さがし？」

「じつはまあ、そうなんだ。」

わたしとリックは、顔を見あわせた。

「ありもしない千両箱《せんりょうばこ》とか、さがしたくないんだけど。」

「いや、そんなにいいかげんな話じゃないと思うよ。鶴田家《つるたけ》っていうのは古い家柄《いえがら》で、松浦党《まつらとう》の子孫《しそん》なんだ。」

「松浦党？　水軍《すいぐん》の？」

リックがそういうと、伝兵衛《でんべえ》さんは目を見はった。

「おお、さすがによく知ってるね。」

「知ってるってほど、知らないけど。」

「水軍って？」とわたしはきいた。

「瀬戸内海《せとないかい》の村上《むらかみ》水軍が有名だけどね。海をなわばりにした武士団《ぶしだん》で、たのまれれば合戦《かっせん》に加勢《かせい》して船団《せんだん》をだしたんだ。なわばりを通る船から通行料《つうこうりょう》をとったり、密貿易《みつぼうえき》をしたりね。だから海賊《かいぞく》ともよばれてる。」

「海賊？　日本にも海賊がいるの？」

海賊のお宝《たから》だったら、ちょっとゴージャスかも。

「壇《だん》ノ浦《うら》の合戦《かっせん》でも、水軍《すいぐん》の動きが勝敗《しょうはい》をわけたんだよ。松浦党《まつらとう》っていうのは九州《きゅうしゅう》の水軍で、平家《へいけ》から源氏《げんじ》に寝返《ねがえ》ったんじゃなかったっけ。」

寝返り。いかにも海賊っぽい。

「松浦党の話をしにきたら、みんなが壇ノ浦の話をしていて、びっくりしたよ」と伝兵衛《でんべえ》さん。

「だから、へんな顔してたのか」とリック。「すごい偶然《ぐうぜん》だもんね。」

偶然っていうより、なにかご縁《えん》があるのかも。

「それで幼《おさな》なじみさんは、どんなお宝《たから》があるっていってるの？」とわたしはきいた。もちろん、宝石《ほうせき》や金貨《きんか》がいっぱいにつまった、海賊のトレジャーボックスが目にうかぶ。どくろマークつき。

「いや、それがね。にわかには信《しん》じられない話なんだけど……。」

伝兵衛《でんべえ》さんはいいにくそうに、頭をかいた。

手をつけないから、あんみつのアイスがとけている。もったいない。

「三種《さんしゅ》の神器《じんぎ》の、ひとつらしいんだ。くわしい話は会ってからっていうんだけど。壇ノ浦《だんのうら》にしずんだはずの宝剣《ほうけん》が、唐津《からつ》にあるっていうんだよ。」

4 なぞだらけの神器《じんぎ》

リック

夏休みものこり少ない、八月二十四日。

いよいよ唐津《からつ》行きだ。

期待しちゃいけないと思いつつ、草薙剣《くさなぎのつるぎ》がみつかるかもしれないと思うと、わくわくする。

三泊《ぱく》四日の唐津旅行を親にゆるしてもらうのは、たいへんだった。

うちの親がきびしいからっていうんじゃない。どっちかっていえば放任主義《ほうにんしゅぎ》だし、うちがまたお宝《たから》をみつけて、わけまえが入る可能性《かのうせい》には、家族一同おおいに期待してるわけ。

ただ、おばあちゃんとお母さんは、うちが高級旅館にただで泊《と》まるときいて、「なぜ、わたしもいっしょじゃないの?」っていいだしたんだ。伝兵衛《でんべえ》さんが、波左間屋《はざまや》の商品《しょうひん》券《けん》っていう鼻薬《はなぐすり》をたっぷりきかせてくれなきゃ、むりやりついてきそうないきおいだった。

鼻薬っていうのは、わいろって意味だけど。

お姉ちゃんには、おみやげに佐賀牛《さがぎゅう》を買ってこいとおどされた。

というわけで、うちは市川駅《いちかわえき》で、アンたちとまちあわせをした。

伝兵衛《でんべえ》さんは時間どおり、アン母娘《おやこ》は十分おくれでやってきた。どでかいスーツケースを、ごろごろひいている。

「その民族大移動《みんぞくだいいどう》みたいな荷物は、なに？」

「だって、ぜんぜん少ないじゃない。夏物はうすいから、コンパクトでいいわよね。リックは、先にスーツケースを送ったの？」

「ううん。荷物は、これだけ。」

背中《せなか》のリュックをゆすると、アンはあきれたように首をふった。

あきれてるのは、こっちなんだけど。

羽田《はねだ》空港のカウンターで夫婦《ふうふ》にまちがわれた伝兵衛さんは、すごくうれしそうだった。

機内《きない》でも、伝兵衛さんと紗和《さわ》さんはならんですわった。

千鶴子《ちづこ》さんは、波左間屋《はざまや》を伝兵衛《でんべえ》さんに、お屋敷《やしき》を紗和《さわ》さんにのこしていった。このまま、ふたりが結婚《けっこん》すれば、お屋敷と店はまとまって、うけつがれることになる。

そうなったら、千鶴子さんもうれしいだろうな。もしかしたら、はじめからそうなることを望《のぞ》んでいたのかも。

とにかくこの旅行で、伝兵衛さんたちの距離《きょり》が、ぐっとちぢまるのはたしかだよ。

それはいいとして。

うちは読んでいた本をとじて、ため息をついた。

「どうしたの？」

真剣《しんけん》な顔でファッション雑誌《ざっし》を見ていたアンが、こっちをむいた。

「三種《さんしゅ》の神器《じんぎ》だけどさ。いくらしらべても、よくわからないんだ。いってみれば日本最大《さいだい》のお宝《たから》なのに、なぞだらけなんだよ。」

「たとえば？」

「なにしろ、もとが神話だからね。鏡《かがみ》と勾玉《まがたま》は、天岩屋《あまのいわや》にかくれたアマテラスオオミカミをよびだすときにかざっていたらしいんだけど。いつからあるのか、よくわからない。宝《ほう》剣《けん》はアマテラスの弟のスサノオノミコトが、出雲《いずも》でヤマタノオロチを退治《たいじ》したときに手にいれたんだ。ヤマタノオロチは頭としっぽが八つある怪物《かいぶつ》なんだけど、しっぽのひとつから宝剣《ほうけん》がでてきたんだって。」

「しっぽに剣《けん》が入ってたら、いたくない？」

うちは無視《むし》して、話をすすめた。

「時代がくだって、皇子《おうじ》のヤマトタケルが、その剣を持って戦《たたか》いにでた。敵《てき》がはなった火にかこまれたとき、剣がひとりでにとびだして、草をなぎはらって助けてくれた。草薙剣《くさなぎのつるぎ》とよばれているのは、そのせいなんだ。」

「すっごい。ゲームのマジックアイテムみたい。ほんとに魔法《まほう》の剣なのね。」

「三種《さんしゅ》の神器《じんぎ》のすごいところは、だれもじかに見たことがないってことだね。天皇《てんのう》でさえ、見てはいけないことになってる。だから神器がどんなかたちなのか、だれも知らないんだよ。」

「じゃあ剣がみつかっても、ほんものかどうか、わからないじゃない。」

「まあね。つくられた時代をしぼりこむことはできるだろうけど。」

「海でなくなっちゃってから、ずっと宝剣《ほうけん》がないままなの？」

「うん。そこが、ややこしいところなんだ。」

アンは雑誌《ざっし》をめくる手をとめて、うちの言葉をまっている。

「いま三種《さんしゅ》の神器《じんぎ》がどうなっているかっていうと、みっつとも皇居《こうきょ》にある。そのほかに名《な》古屋《ごや》の熱田神宮《あつたじんぐう》にも、草薙剣《くさなぎのつるぎ》がまつってあるんだ。」

「えーっ、なにそれ。それじゃ、草薙剣がみっつあることになっちゃう。」

「皇居にあるのは、壇ノ浦《だんのうら》のあとで伊勢《いせ》神宮からもらった剣なんだって。でも熱田神宮にある草薙剣と、壇ノ浦で消えた宝剣との関係《かんけい》は、はっきりしないいんだ。」

「やっぱり、なくなったのがほんものなんじゃない？」

「たぶんね。たしかなのは、草薙剣とよばれていた宝剣が、壇ノ浦で消えたってことだけだよ。」

アンがトイレに立ったので、うちもうしろにならんだ。伝兵衛《でんべえ》さんと紗和《さわ》さんはガイドブックを見ながら、なかよくおしゃべりをしている。

「伝兵衛さんとアンのママ、結婚《けっこん》するんだよね？」

「さあ、どうかなあ。」

「だって、いっしょに旅行する仲《なか》なのに？」

「伝兵衛《でんべえ》さんはいいひとだけど、結婚《けっこん》となると、ママだってまようわよ。なにしろこっちは、子持ちの再婚《さいこん》だもの。」

「そんなの、伝兵衛さんは気にしないと思うけど。」

「でも、いまみたいにバリバリ働《はたら》くのはむずかしくなるでしょ？　お店があるから、伝兵衛さんが主夫《しゅふ》になるわけにはいかないし。それにママはパパのことだって、わすれたわけじゃないんだから。」

そっか。もう決まりってわけじゃないんだな。伝兵衛さん、押《お》しがよわそうだし。

飛行機《ひこうき》は無事に福岡《ふくおか》空港についた。唐津《からつ》には、佐賀《さが》空港におりるより便利《べんり》なんだ。博多《はかた》から唐津までは、筑肥線《ちくひせん》で一時間ちょっと。車窓《しゃそう》から見えた唐津湾《からつわん》の色は、深い青だった。

唐津駅をおりると、玄海楼《げんかいろう》のマイクロバスがとまっていた。

旅館のひとが、むかえにきてくれたらしい。凛《りん》とした着物の女性《じょせい》が立っていた。

二十代後半くらいの、きれいなひとだ。目が大きくて、くちびるのわきに、ほくろがある。

「ヨッシー！　なつかしか！　よおきてくれたね！」

伝兵衛《でんべえ》さんを見ると、そのひとの顔が、ぱっと華《はな》やいだ。

ヨッシー？

そういえば伝兵衛さんの本名って、明義《あきよし》だっけ。

伝兵衛さんは、ぽかんとしている。

「誠《まこと》？　うわ、見ちがえたなあ！」

は？

伝兵衛さんの幼《おさな》なじみって、このひと？

5　女海賊《おんなかいぞく》、あらわる

アン

「ようこそいらっしゃいませ。玄海楼《げんかいろう》の女将《おかみ》、鶴田誠《つるたまこと》ともうします。このたびは遠方からおいでいただき、ありがとうございました。」

きれいな標準語《ひょうじゅんご》のあいさつだったけど、わたしはあっけにとられていた。

誠っていうから、男のひとだと思ってた。伝兵衛《でんべえ》さんも、幼《おさな》なじみが美人《びじん》だなんて、ひとっこともいわなかったし。

やたらと色っぽいし、ママより若《わか》い。

びみょうな雰囲気《ふんいき》になっているのに、伝兵衛さんったら、まるで気がついてない。

「はじめまして。杏珠《あんじゅ》ちゃんと陸《りく》ちゃんね。おふたりに会うのを、ほんとうにたのしみにしていたのよ。」

誠《まこと》さんは、こぼれるような笑顔《えがお》をみせた。

「あ、それでこちらが、花畑紗和《はなばたけさわ》さん。」

伝兵衛《でんべえ》さんがママを紹介《しょうかい》すると、誠さんの目が、きらりと光った。

「ヨッシーから、おうわさはかねがね。」

なんか挑戦的《ちょうせんてき》に感じるのは、気のせい？

マイクロバスにのってからも、わたしたちにはわからない話をして、ふたりはもりあがっている。

伝兵衛さん、ちょっとにやけてるし。

これって問題じゃない？

唐津城《からつじょう》の前をとおって橋をわたると、すぐに玄海楼《げんかいろう》についた。

明治《めいじ》時代の建物《たてもの》だっていう旅館は、ほそい格子窓《こうしまど》に白壁《しらかべ》がはえて、すがすがしい。いかにも高級旅館って感じ。

古民家《こみんか》好《ず》きのママがよろこびそう。でも、ママはテンションが低かった。

ロビーもすっきりして、木の床《ゆか》がぴかぴかに光っている。きらびやかっていうより、おちついてしっとりしたインテリアね。さわがしくはなかったけれど、お客さんは多いみたい。

松《まつ》の木がきれいな、ひろい庭が見える。

「したらお茶持ってくるけん、ちょっとまっといて。」

誠《まこと》さんはあまい声で伝兵衛《でんべえ》さんにいうと、わたしたちにおじぎをして行ってしまった。

「あいかわらず、いい庭だなあ。」

伝兵衛さんは、うれしそうに庭をながめている。

「女のかただったのね。」

ママが、かたい声でいった。

「誠っていうから、男のひとだとばかり。」

「ほんと。あのひとのどこが、ガキ大将《だいしょう》なのよ。」

わたしがせめても、伝兵衛さんは、きょとんとしている。

「え？　女だって、いいませんでしたか？」

わたしたち三人は、いっせいに首をふった。

「リックは名前も見た目も男だけど、誠《まこと》さんは、どこから見ても女じゃない。」

「でも、あいつは女って柄《がら》じゃないから。年下なのに、ケンカは強いし。」

「あのひと、独身《どくしん》？　結婚指輪《けっこんゆびわ》してないけど」とわたしはきいた。

「え？　だと思うけど。」

「とても、きれいなかたね。」

さりげなく、ママはいった。

「きれいというか、パーツが大きいというか。でも着物だと女に見えて、びっくりしたな。」

伝兵衛《でんべえ》さんは、のんきにわらっている。

だめだこりゃ。

リックが席《せき》を立って、かべの額《がく》を見にいった。

豪快《ごうかい》な「一味同心」の文字。

お料理《りょうり》のモットーかしら。

リックは、説明《せつめい》のプレートを読みあげた。

「『一味同心《いちみどうしん》。おなじ心になって力をあわせること。松浦党《まつらとう》のモットー』だって。」

「え？　マツラ党って、マツウラって書くの？　ウはどこに行っちゃったの？」

「このあたりはむかし、末蘆国《まつろこく》という国だったんです。」

お茶と和菓子《わがし》をはこんできた誠《まこと》さんがいった。

「マツロがマツラになまって、松浦という漢字をあてたらしいんですけれど。」

それは、そのほうがいいかも。マツロなんて、縁起《えんぎ》がわるいものね。

「でも松浦党《まつらとう》って、ほかの水軍《すいぐん》とくらべると、資料《しりょう》が少ないですよね」とリック。

「松浦党というのは、よそのひとがつけた名前ですから。ひとつの組織《そしき》というより、佐賀《さが》県沿岸《けんえんがん》から長崎県《ながさきけん》の五島列島《ごとうれっとう》にかけての、豪族《ごうぞく》のあつまりというほうが近いんです。」

誠さんは、かべの額《がく》に目をむけた。

「『一味同心』とありますでしょう。松浦党は、敵《てき》に対しては一致団結《いっちだんけつ》するけれど、なにかを決めるときは多数決なんです。統率力《とうそつりょく》のある代表をえらんで、あとは、くじびきで序《じょ》列《れつ》を決めていました。」

「へえ。けっこう民主的《みんしゅてき》なんだね。」

伝兵衛《でんべえ》さんは感心している。

ほんと。多数決なんて、海賊《かいぞく》っぽくない。

「男のあととりがいないときは、女が家をつぐのもあたりまえでしたし。」

誠《まこと》さんは胸《むね》をはった。

「唐津《からつ》の唐というのは、中国や朝鮮《ちょうせん》という意味です。津《つ》は港のことで、唐津は大陸《たいりく》へわたる起点だったんですね。古代から大陸との交流がありましたし、京の都《みやこ》より朝鮮半島のほうが近いですから。」

「それで草薙剣《くさなぎのつるぎ》って、ほんとにあるんですか？」

そうきくと、誠《まこと》さんは声をひそめた。

「そのお話は、あとでゆっくり。」

はなれに案内《あんない》するといわれて、わたしたちは席《せき》を立った。

「夏休みのおいそがしい時期なのに、ごめいわくじゃありませんでしたか？」

「とんでもない。」

誠さんは、にこやかにママに答えた。

「波左間屋《はざまや》のご親戚《しんせき》なら、ヨッシーのご主人すじですもの。亡《な》くなった母も、ヨッシーのお母さまと親しくさせていただいていましたし、どうかご遠慮《えんりょ》なく。」

ご主人すじ、ですって。

伝兵衛《でんべえ》さんも、なにもいわない。いったいママのこと、なんていってあるのかしら。

はなれの部屋は「佐用姫の間《さよひめのま》」という、わたしにぴったりの名前だった。八畳《じょう》と六畳の
つづき部屋で、たたみのへりなんかも姫っぽい。

床《とこ》の間《ま》の掛《か》け軸《じく》は、羽衣《はごろも》をまとった美女《びじょ》だった。これが佐用姫で、唐津《からつ》では有名な悲恋《ひれん》
のヒロインなんですって。

タオルは色ちがいだったけど、ゆかたは紺《こん》の波もようで、みんなおなじ。もっと工夫《くふう》が
必要《ひつよう》ね。

「ではご夕食まで、ゆっくりおくつろぎくださいませ。大浴場《だいよくじょう》は本館にございますので。」

誠《まこと》さんは、くすりとわらった。

「おぼえとる？　ヨッシーと、むかしいっしょに入ったやろ。」

「え？　あの、その。」

「すぐ赤《あ》こうなりよるとは、かわっとらんね。ヨッシーの部屋は本館やけん。」

誠《まこと》さんは、伝兵衛《でんべえ》さんをひきずるようにして行ってしまった。

まちがいない。誠さんは、伝兵衛さんを誘惑《ゆうわく》するつもりなんだわ。

「ママ、ゆだんしちゃだめよ。なにしろあっちは、女海賊《おんなかいぞく》なんだから!」

6　松浦党《まつらとう》のいいつたえ

リック

夕食の時間になると、伝兵衛《でんべえ》さんも、ゆかたではなれにやってきた。

夕食は、めちゃくちゃおいしかった。

新鮮《しんせん》なイカの刺身《さしみ》に、海の幸《さち》がてんこもり。食器はぜんぶ唐津焼《からつやき》だそうだ。もりつけもこっていて、紗和《さわ》さんはさかんに写真をとっていた。

いっこくも早く草薙剣《くさなぎのつるぎ》のことをききたいのに、誠《まこと》さんはなかなかこない。

食事をだしてくれた仲居《なかい》さんによると、女将《おかみ》めあてのお客が多いから、すぐにはぬけられないんだって。

紗和さんにも、さっそくお得意《とくい》さまから電話がきて、服の相談《そうだん》に追われていた。携帯《けいたい》電話って、あればあるでめんどうだね。

誠《まこと》さんがはなれにきたのは、九時すぎ。

満腹《まんぷく》でごろっとしていたうちらは、きちんとすわりなおした。

「ほんとに草薙剣《くさなぎのつるぎ》があるんですか？」

いきおいこんで、アンがたずねる。

「まず、鶴田家《つるたけ》のいいつたえをきいていただけますか。」

そういって、誠さんは話をはじめた。

「鶴田家は、松浦党《まつらとう》の波多氏《はたし》につかえていました。源平《げんぺい》の戦《たたか》いでは、松浦党は平家《へいけ》に加勢《かせい》して、壇ノ浦《だんのうら》の海戦《かいせん》にむかったんです。松浦党の船の数は、およそ三百艘《そう》だったといいます。」

「松浦党って、平家だったのね」とアン。

「松浦党は、もとは源氏《げんじ》だったといわれています。摂津《せっつ》（いまの大阪府北部《おおさかふ》）にいた源《みなもとの》久《ひさし》が松浦に領地《りょうち》をもらって、土地の名前を名のるようになったんです。わたしもそうですけれど、漢字一字の名前にするのが、久《ひさし》の子孫《しそん》の伝統なんですよ。」

「どうして源氏なのに、平家に味方したの？」というアンに、うちはいった。

「源氏《げんじ》と平家《へいけ》は、もとから敵味方《てきみかた》だったわけじゃないんだよ。平家につかえていた源氏もいたし、源氏につかえていた平家の武士《ぶし》もいた。平家は九州《きゅうしゅう》にも土地を持っていたし、日宋貿易《にっそうぼうえき》で富《とみ》をたくわえていたから、松浦党《まつらとう》とのつながりは深かったと思うよ。」

「ニッソー貿易？」

「日本と宋《そう》の貿易。宋っていうのは、当時の中国。松浦党は平家とも協力《きょうりょく》して、大陸《たいりく》貿易をしていたはずだよ。」

誠《まこと》さんはまばたきをして、伝兵衛《でんべえ》さんを見た。

「すごかね。大人《おとな》のお客さんでも、そこまで知っとるひとはおらんよ。」

「うん。いったとおりだろう？」

「このぐらいは、すぐしらべられるし。」

「壇ノ浦《だんのうら》の合戦《かっせん》も、陸《りく》ちゃんのほうがくわしそう。」

「そういわれても、本に書いてあることしか知らないけど。」

誠さんがうながすように見るので、うちは説明《せつめい》した。

「源氏《げんじ》は味方の水軍《すいぐん》が少なくてこまっていたけど、屋島《やしま》の合戦《かっせん》に勝ったことで、瀬戸内《せとうち》や熊野《くまの》の水軍が源氏にくわわったんだ。壇ノ浦《だんのうら》の合戦がはじまったのは、正午《しょうご》近く。はじめは西から東にながれる潮《しお》にのった平家《へいけ》が有利だったけど、勝負はつかなかった。午後三時ごろに潮のながれが逆《ぎゃく》になって、こんどは源氏が有利になったっていうのが通説《つうせつ》だけど。実際《じっさい》は風《かざ》むきの影響《えいきょう》もあったかもしれない。とにかく不利をさとった四国の阿波水軍《あわすいぐん》と松浦党《まつらとう》が寝返《ねがえ》って、平家の負けが決まった。」

「おみごと。」

誠《まこと》さんが手をたたくと、みんなも拍手をした。

「寝返ったというと、ひどいと思われるでしょう？　でも平家が負ければ、松浦党は戦いのあとで、源氏《げんじ》に罰《ばっ》せられますからね。自分たちの土地を守るためには、そうするしかなかったんです。最後《さいご》まで平家の味方をしたいという意見もあったけれど、話しあいで離反《りはん》が決まったそうです。」

まあ、たしかに寝返りっていうと、言葉はわるいよね。

形勢《けいせい》が不利だったら、すばやく立場をかえるっていうのは、当時はあたりまえのことだったんだ。源氏や平家に味方した武士《ぶし》たちは、どっちが勝つかっていうことより、自分たちの生活をよくするのが目的《もくてき》だったんだから。

「ただ松浦党《まつらとう》は、まさか安徳天皇《あんとくてんのう》が亡《な》くなるとは、思ってもいなかったんです。」

「それはそうでしょうね」と、うちはみとめた。「源氏《げんじ》はなんとしても、安徳天皇と三種《さんしゅ》の神器《じんぎ》を手に入れようとしていたんだから。安徳天皇は、つかまって都《みやこ》につれもどされると思っていただろうな。」

「そうなの。まさか二位《にい》の尼《あま》が安徳天皇をだいて海にとびこむなんて、想像《そうぞう》もしていなかったのよ。」

「でもけっきょく松浦党のせいで、安徳天皇は死んじゃったんでしょう？」

アンが、くちびるをとがらせる。

誠《まこと》さんは、長いまつげをふせた。

「安徳天皇が亡くなり、三種の神器も海にしずんだことを知って、松浦党の武士《ぶし》たちは衝《しょう》撃《げき》をうけました。おそれ多いし、たたりがあるのではと、おびえるひともいたそうです。」

むかしのひとは、迷信《めいしん》ぶかいからね。

自分たちのせいで天皇が死んで、神器もなくなったときいたら、不安にもなるだろう。

「故郷《こきょう》へひきあげるとちゅうで、松浦党《まつらとう》のひとりが、海のなかで光っているものをみつけました。」

誠《まこと》さんの大きな目が、あやしく光る。

「ひきあげてみると、それはふしぎな光をはなつ、古い剣《けん》だったんです。」

おお、そうきたか。

「草薙剣《くさなぎのつるぎ》ね！」とアンがさけぶ。「それでそのまま、ネコババしちゃったんだ。」

「でもその剣は、源氏《げんじ》が必死《ひっし》になってさがしてたんだよね？」と伝兵衛《でんべえ》さん。「どうして、源氏にとどけなかったのかな。かくしもっていることがわかったら、たいへんじゃないか。」

「とどければ、ほうびがもらえただろうし。」

うちがいうと、誠さんはうなずいた。

「剣をどうするかで、はげしい言いあいになったそうです。宝剣《ほうけん》を源氏にわたして、平家《へいけ》に味方したことをゆるしてもらおうという意見は、もちろんありました。でも宝剣をわたさないことに決めたのは、源 義経《みなもとのよしつね》をにくんでいたからです。」

「松浦党は、義経をにくんでたんですか？」

「合戦《かっせん》というのは武士《ぶし》どうしがするもので、船をあやつる水夫《かこ》はまきこまないルールがありました。けれど義経《よしつね》は、平家船《へいけぶね》の舵《かじ》とりや水夫を、どんどん射殺《いころ》したそうです。松浦党《まつらとう》が離反《りはん》したのは、水夫たちを犠牲《ぎせい》にしたくなかったからでもあるんです。」

「まあ。義経って、ヒーローのイメージがあったのに。」

がっかりしたように、紗和《さわ》さんがいう。

「でもルールやぶりって、基本的《きほんてき》に、義経の戦略《せんりゃく》なんだよ。」

うちは、前にのりだした。悲劇《ひげき》の美青年《びせいねん》っていう義経のイメージは、あとからつくられたものだからね。

「那須与一《なすのよいち》が的《まと》を射ぬいたときも、船にのっていた平家の老武者《ろうむしゃ》が、与一の技《わざ》をたたえて舞《ま》いをおどったんだ。敵《てき》でも、すぐれていればたたえるっていうおおらかさが、平家にはあったわけ。ところが義経は与一に、舞っていた武士を射るように命《めい》じて殺させた。」

「えーっ、最低《さいてい》！」

「敵を殺す機会《きかい》があれば、のがさないってことだよね。うちは義経が都《みやこ》そだちじゃなかったことが、源氏《げんじ》が勝った最大《さいだい》のポイントだと思うんだ。義経は幼《おさな》いころ京都《きょうと》の鞍馬寺《くらまでら》にあずけられたけど、十代のはじめに寺をとびだして、各地《かくち》を放浪《ほうろう》した。奥州《おうしゅう》（いまの東北地方）にいたことはわかってるけど、二十二歳《さい》で頼朝《よりとも》とはじめて兄弟の対面《たいめん》をするまでは、なにをしていたか記録《きろく》がないいんだよ。」

「頼朝と義経《よしつね》って、兄弟なの？」

アンを無視《むし》して、うちはつづけた。

「これはほんとに想像《そうぞう》なんだけど、義経は各地をてんてんとしていたあいだ、野盗《やとう》まがいのこともしていたんじゃないのかな。正式に武士《ぶし》としての教育をうけていないからこそ、非常識《ひじょうしき》な戦《たたか》いをしかけることができた。正面から主力をぶつけあうのが基本《きほん》の戦法だったのに、義経は少数で背後《はいご》からふいをついた。だから、平家《へいけ》は対応《たいおう》できずに負けてしまったんだ。」

ふとわれにかえると、アンが砂漠《さばく》に不時着《ふじちゃく》した旅行者みたいな顔をしていた。伝兵衛《でんべえ》さんや紗和《さわ》さん、誠《まこと》さんも、あぜんとしてうちを見ている。

いっけない、またやっちゃった。

「すいません。ひとりでべらべらしゃべっちゃって。いまは松浦党《まつらとう》の話なのに。」

「あら、いいのよ。」

誠《まこと》さんは、ぱちぱちとまばたきをした。

「すごくおもしろかったわ。ええと、どこまで話したかしら。」

「みつけた宝剣《ほうけん》を、義経《よしつね》にわたさないことに決めたって……。」

伝兵衛《でんべえ》さんがたすけ船をだして、誠さんはうなずいた。

「そうそう。それに松浦党《まつらとう》のひとりが、安徳天皇《あんとくてんのう》の夢《ゆめ》を見たんです。『草薙剣《くさなぎのつるぎ》を唐津《からつ》に持ちかえり、国の守りとせよ。』夢にあらわれた安徳天皇は、そういったそうです。」

「夢ねえ。」

「いまとちがって、夢は神聖《しんせい》なものとされていましたから。だから松浦党は、だれにも知られずに宝剣《ほうけん》を守り、安徳天皇の御霊《みたま》をおまつりすることにしたんです。宝《たから》を守る役をひきあてたのが、波多氏《はたし》でした。そしてその秘密《ひみつ》は、代々の当主にうけつがれていきました。」

誠さんはそこで、ほおっと息をついた。

「というのが、わが家につたわる話なんです。」

「それで？」

まさか、それだけっていうんじゃないよね？

「父は本気にしていましたが、わたしは、おとぎ話だと思っていました。波多氏《はたし》は松浦党《まつらとう》でも有力な一族でしたが、豊臣秀吉《とよとみひでよし》につぶされて、岸岳《きしたけ》に城《しろ》あとがのこっているだけですからね。」

誠《まこと》さんの声には、さみしさがにじんでいた。

「でも今年になって、瀬戸内《せとうち》大学の大原幸彦《おおはらゆきひこ》教授《きょうじゅ》が、波多氏の遺書《いしょ》をみつけられたんです。」

瀬戸内大学？

「波多氏最後《さいご》のご主君《しゅくん》、親公《ちかしこう》は秀吉によって筑波山麓《つくばさんろく》にながされました。でも秀吉の死後にゆるされて、唐津《からつ》へもどるとちゅう、岡山県《おかやまけん》の牛窓《うしまど》で亡《な》くなったともいわれています。ただお墓《はか》もないし、最後のごようすがわかる史料《しりょう》は、なにもありませんでした。でも牛窓の旧家《きゅうか》で土蔵《どぞう》をこわしたとき、親公の遺書が発見されたんです。その旧家のご先祖《せんぞ》が、親公のお世話をされたらしいんですけれど。」

ふーんと、伝兵衛《でんべえ》さんがうなる。

「大原《おおはら》先生は水軍《すいぐん》がご専門《せんもん》で、以前《いぜん》から当館のお客さまでした。親公《ちかしこう》の遺書《いしょ》に、唐津《からつ》に宝《たから》をかくしたと書いてある。宝は草薙剣《くさなぎのつるぎ》にちがいないって、大原先生はおっしゃるんです。」

「へええ。そりゃあ、すごいじゃないか。」

誠《まこと》さんは、伝兵衛さんにうなずいた。

「いいつたえはほんとうだったと、父はもう大よろこびで。地主《じぬし》さんや市役所にかけあって、発掘調査《はっくつちょうさ》がはじまりました。でも、剣はみつからなくて……。」

「それで、アン&リックの出番ってわけね。」

アンが、おとなびた声をだした。

「ええ。里見家《さとみけ》の宝をみつけたみなさんのお知恵《ちえ》を、ぜひともお借《か》りしたいんです。」

誠さんがすがるように見つめたのは、伝兵衛さんだった。

7　唐津《からつ》の海　アン

つぎの日は、市内観光《かんこう》にでかけた。

まずは、白壁《しらかべ》がきれいな唐津城《からつじょう》。

天守閣《てんしゅかく》の展望台《てんぼうだい》からのながめは、すごかった。おなじ海でも、茅ケ崎《ちがさき》の海とはぜんぜんちがう。うまくいえないけれど、もっと豪快《ごうかい》な感じ。

伝兵衛《でんべえ》さんは、鏡山《かがみやま》からの景色《けしき》にはかなわないって、力説《りきせつ》してたけど。

リックはお城《しろ》の説明《せつめい》を読んで、しきりにうなずいている。

「波多氏《はたし》が豊臣秀吉《とよとみひでよし》にとりつぶされてから、秀吉に目をかけられていた寺沢広高《てらさわひろたか》が、唐津藩《はん》の初代藩主になったんだ。それで七年の歳月《さいげつ》をかけて、唐津城をひらいたのか。」

とにかくお城っていうのは、外から見てるほうがきれいよね。

「せっかく海にきてるんだから、早く泳ぎにいきましょうよ。」

そういうと、リックはまゆをあげた。

「せっかく唐津《からつ》にきてるのに、海水浴《かいすいよく》なんてどうでもいいよ。見たいところはいっぱいあるし、波多氏《はたし》の城《しろ》があった岸岳《きしたけ》にも行ってみなきゃ。泳ぎたいなら、帰ってから市営《しえい》プールに行けばいいじゃない。」

「えーっ、信《しん》じられない。やっぱりリックは、陸派《りくは》なのね。」

唐津焼《からつやき》の展示《てんじ》を見ているママと伝兵衛《でんべえ》さんが、目に入る。いつもよりよそよそしい感じがするのは、気のせい？

「それより、ゆうべの話をどう思う？　あの女将《おかみ》がほしがってるのは、草薙剣《くさなぎのつるぎ》だけかしら。」

「どういう意味？」

「宝《たから》さがしは口実《こうじつ》で、伝兵衛《でんべえ》さんに会いたかったんじゃない？　はじめから、伝兵衛さんをよびだすのが目的《もくてき》だったのよ。」

「いいたいことはわかるけど。」

展示品《てんじひん》の武具《ぶぐ》から目をはなさずに、リックはいった。

「だったら、伝兵衛《でんべえ》さんだけを唐津《からつ》によんだはずだよ。そうしたら、アンのママはついてこないんだし。」

「それもそうね。じゃあ、やっぱりねらいは草薙剣《くさなぎのつるぎ》か。」

「ほんとにあるかどうか、わからないけどね。」

「でも大学の先生が、あるっていってるんでしょう？」

「大学の先生だから、正しいとはかぎらないよ。専門家《せんもんか》が書いた歴史書《れきししょ》だって、あてずっぽうがあるんだから。大原《おおはら》っていう先生の話をきく前に、できるだけ情報《じょうほう》をあつめておかないと。」

だけど目の前に青い海があるのに、泳がないなんてありえない。クラゲはいやだけど。

ランチは唐津バーガーかお寿司《すし》で意見がわれて、じゃんけんで唐津バーガーになった。

午後になにをするかでも、わたしの勝ち。

やっと、海水浴ができる！

「きょうはついてないや。」

ぼやきながら、リックはスクール水着に着がえた。わたしは水彩画風《すいさいがふう》プリントの花柄《はながら》ビキニ。肌《はだ》が白いうちは、あわい色の水着がはえるから。

日焼《ひや》けしたくないママは長そでを着て、パラソルの下で読書をしている。わたしもココナツミルクの香《かお》りの日焼けどめをたっぷりとすりこんだ。

伝兵衛《でんべえ》さんは、けっこう泳ぎがうまかった。バタフライがさまになっている。

波にゆられて砂浜《すなはま》のママを見ていると、わたしはふと、パパのことを思いだした。

泳ぎをおしえてくれたパパの腕《うで》は、たくましかった。

あのころは、パパがいなくなるなんて、思ってもいなかったなあ。海の水は塩《しお》からいし、背中《せなか》にあたる太陽《たいよう》は、かわらずにあついのに。

たっぷり泳いでパラソルの下にもどると、先にあがったリックがいなかった。

さがしてみると、リックは松林《まつばやし》にいた。タオルを肩《かた》からかけて、看板《かんばん》を見ている。

「なあに、観光《かんこう》地図？」

「うん。岸岳《きしたけ》って、松浦川《まつうらがわ》の上流にあるんだね。かなり内陸《ないりく》に入ったところだよ。」

「島めぐりのフェリーもでてるのね。見て！　高島《たかしま》にある神社、宝当《ほうとう》神社ですって！　おもしろそう。」

「おもしろそうな地名は、ほかにもあるよ。ここなんて、神があつまる島って書いてある。なんて読むんだろ？」

「神集島《かしわじま》！」

元気のいい声に、わたしたちはふりむいた。

立っていたのは色の黒い、柴犬《しばいぬ》みたいな顔の男の子だった。

「かしわ島って読むの？」

リックがきくと、男の子はうなずいた。

「どっからきたと？」

「千葉《ちば》」とわたしは答えた。

「千葉か！　おれも千葉！　千葉航《わたる》。」

きいてもいないのに、男の子は名のった。

「うちら六年だけど、千葉くんは？」

「おれもいっしょ！」

「地元《じもと》？」

「うん、呼子《よぶこ》！」

「呼子って、イカで有名なとこだね。」

千葉くんはふしぎそうにリックをみつめている。わたしと目があうと、うつむいて地面をけった。

「ふたりは、なにしにきたと？」

「秘密《ひみつ》」とわたしは答えた。

「秘密！　なんね？」

千葉くんは鼻の穴《あな》をふくらませて、ぐいと顔をよせてきた。

「松浦党《まつらとう》って知ってる？」

「松浦党《まつらとう》知っとると？　おれんちも、もとは松浦党！」

「ほんと？　わたしたち、草薙剣《くさなぎのつるぎ》をさがしにきたのよ。」

千葉《ちば》くんは、ぽかんとしている。

「三種《さんしゅ》の神器《じんぎ》のひとつで、安徳天皇《あんとくてんのう》といっしょにしずんだ剣よ。知らないの？」

「知っとる！　子どもを守ってくれらす神さまやろ？」

え？

「安徳天皇は、水天宮《すいてんぐう》の神さまばい。水天宮は久留米《くるめ》やっけんど、みんな、初参《はつまい》りに行くけんね。」

さすがのリックも、とまどっている。

「それは初耳だな。うちら、波多氏《はたし》の伝説《でんせつ》をしらべてるんだよ。岸岳《きしたけ》の城《しろ》あとに行くつもりなんだけど。」

「岸岳！」

千葉くんは、ぶるっとからだをふるわせた。

「岸岳なんか、行ったらいかん！　あそこは、のろわれた山やけん！」

8 波多氏《はたし》の遺書《いしょ》 リック

玄海楼《げんかいろう》にはパソコン・コーナーがあって、客は自由につかえるようになっている。

宿に帰ったうちらは、さっそく千葉《ちば》くんからきいたことをしらべてみた。

「久留米《くるめ》の水天宮《すいてんぐう》って、建礼門院《けんれいもんいん》につかえていた女官《じょかん》が逃《に》げてきて、祈祷《きとう》していたのがはじまりなのか。建礼門院っていうのは、安徳天皇《あんとくてんのう》のお母さんだよ。」

「だから、安徳天皇が神さまになってるのね。」

「うん。ご祭神《さいじん》には、安徳天皇といっしょに亡《な》くなった、二位《にい》の尼《あま》もいる。」

しかも久留米の水天宮は、全国の水天宮の本社《ほんしゃ》だった。

「このあたりのひとが、平家《へいけ》に同情《どうじょう》してたって証拠《しょうこ》だよね。さもなきゃ、りっぱなお社《やしろ》をつくるわけがないもの。」

「それより、岸岳《きしたけ》がのろわれてるっていうのは、ほんとうなの？」

うちは、いろいろなサイトをのぞいてみた。岸岳城址《じょうし》が有名なミステリースポットだってことは、ほんとうらしい。

「これさ、とりつぶしのうらみだね。文禄《ぶんろく》三年（一五九四年）、岸岳城最後《さいご》の城主《じょうしゅ》、波多《はた》親《ちかし》は豊臣秀吉《とよとみひでよし》に土地を没収《ぼっしゅう》されて、関東《かんとう》へ流罪《るざい》になった。のこされた一族や家臣《かしん》は寺沢氏《てらさわし》に城を追われて、散《ち》り散《ぢ》りになったんだ。切腹《せっぷく》した家臣もいたって。徳川《とくがわ》につぶされた里《さと》見家《みけ》と、おなじパターンだよね。」

「でも里見に、のろいの話なんてあった？」

「うちの知るかぎりでは、ないね。それだけ、波多氏はうらみが深いってことかな。『岸岳主従《しゅじゅう》の霊《れい》はやすらぐところを知らず、怨霊《おんりょう》となって、たたりをおこしている』だって。」

「たたるんじゃ、こわいわね。でも波多氏は、どうしてつぶされちゃったの？」

「天正《てんしょう》二十年（一五九二年）に秀吉が朝鮮《ちょうせん》半島に兵をだしたとき、波多氏も軍勢《ぐんぜい》にくわわったんだ。おくびょうだったから秀吉が怒《おこ》ったって書いてあるけど、よくわからないな。インターネットって、いいかげんな情報《じょうほう》も多いからね。里見家のときもそうだったけど、とりつぶすほうは、つぶされた側《がわ》がわるかったようにいうものだし。」

誠《まこと》さんが、伝兵衛《でんべえ》さんと紗和《さわ》さんをつれてやってきた。

「おじゃましていい？　大原《おおはら》先生におひきあわせしたいんだけれど。」

波多氏《はたし》の遺書《いしょ》をみつけたっていう、大学の先生だ。

「ここにきてるんですか？」

「夏休みは、ずっと宿泊《しゅくはく》されているの。いま、父がお相手をしています。」

歴史学《れきしがく》の専門家《せんもんか》に会うのははじめてだから、たのしみだ。

「失礼《しつれい》します」といって、誠さんは本館の二階にある玄海《げんかい》の間《ま》に入った。

はなれとちがって、男性的《だんせいてき》なつくりの部屋だ。庭の黒松《くろまつ》が見おろせて、年代物《ねんだいもの》の大型金庫《おおがたきんこ》がおいてある。

「大原先生と、父の鶴田健《つるたたける》です。大原先生、こちらがお話しした、里見家《さとみけ》の宝《たから》を発見したみなさんです。」

床の間《とこのま》を背《せ》にしていたのは、思っていたより若《わか》い男性だった。白髪《しらが》まじりだけど、四十代かな。ちょっと神経質《しんけいしつ》そうな感じで、ふちのほそい眼鏡《めがね》をかけている。

ととのった顔立ちだけど、おなかまわりに脂肪《しぼう》がついていた。

となりにすわっている着物のおじいさんは、大きな目が誠《まこと》さんに似《に》ている。鶴《つる》みたいにやせているけれど、骨格《こっかく》はりっぱだ。

大原《おおはら》先生は愛想《あいそ》よく「どうも。瀬戸内大《せとうちだい》の大原です」といった。「里見家《さとみけ》の宝《たから》は、新聞で拝見《はいけん》しましたよ。じつに、みごとなものですね。」

「お宝をみつけたのは、このふたりなんです。」

伝兵衛《でんべえ》さんが、ほこらしげにいう。

大原先生は、うちらに目をむけた。

「きみたちはラッキーだったね。お宝《たから》が自分の庭にうまっていたんだから。ぼくは他人の土地でお宝をさがさないといけないから、たいへんなんだよ。発掘《はっくつ》ができたのも、ここのご主人のおかげなんだ。」

「とんでもなか。松浦党《まつらとう》の末裔《まつえい》として、お力ぞえするのは、あたりまえのことですけん。」

おじいさんは、なかなかアツいひとみたい。しゃべるたんびに、つばをとばしている。

「大原先生は、みなが休みよるときでも、ひとりで発掘ばすすめなすって。ほんなこつ、

頭がさがります。」

誠《まこと》さんが、大原《おおはら》先生に笑顔《えがお》をむけた。

「それでね大原先生、ゆうべ、鶴田家《つるたけ》のいいつたえを、みなさんにお話ししましたのよ。」

「なるほど。」

大原先生は、あんまりうれしくなさそうだ。

「波多親《はたちかし》の遺書《いしょ》には、なんて書いてあったんですか？」とうちはきいた。

大原先生は、鼻の下をこすった。

「よわったな。小学生に説明《せつめい》するのは、なれていなくてね。」

「だいじょうぶです。リックは『博士《はかせ》』ってあだ名で、なんでも知ってますから。」

アンが、よけいなことをいう。

「じゃあ豊臣秀吉《とよとみひでよし》はわかるね。波多氏は秀吉に領地《りょうち》をうばわれて、関東《かんとう》に追放《ついほう》されたんだ。」

「文禄《ぶんろく》の役《えき》のあとですね。」

大原先生は「ほう」という顔をした。

「ほらね」と、アンがとくいげにいう。

「きみのお父さんは、歴史《れきし》の先生かなにか？」

「いえ、税務署《ぜいむしょ》の職員《しょくいん》です。」

大原《おおはら》先生の顔が、こわばった。

税務署ときくと、大人《おとな》はなぜか、おちつかなくなるみたい。

「大原先生、よろしければ、親公《ちかしこう》のご遺書《いしょ》をみなさんに見せていただけません？」

誠《まこと》さんにいわれて、大原先生は金庫《きんこ》をあけた。

風呂敷《ふろしき》でつつんだ箱や財布《さいふ》が、ちらっと見えた。とりだされたのは、コーティングされたシートだった。

「これが、発見された親公の遺書です。」

「うわあ、ぼろぼろ。」

アンが、遠慮《えんりょ》のない声をだす。

「みつかったときは、あちこちネズミにくわれた状態《じょうたい》でね。ここまで復元《ふくげん》するのは、苦労《くろう》したんだよ。」

大原《おおはら》先生のいうとおり、遺書《いしょ》はいたみがはげしかった。

「見ても読めないだろうが、波多《はた》一族と家臣《かしん》に苦労《くろう》をかけたことへの謝罪《しゃざい》から、はじまっている。」

大原先生が、説明《せつめい》をはじめた。うちも、まるっきり読めないわけじゃないけどね。遺書の字は読みやすいほうだし。

「つぎに、秀吉《ひでよし》へのうらみつらみだ。はじめから松浦党《まつらとう》をつぶすつもりで、あることないこと、けちをつけてきたんだとね。」

「ほんなごて、秀吉はむごか！」

誠《まこと》さんのお父さんが、鼻息をあらくする。

「秀吉は中国や朝鮮《ちょうせん》半島の事情《じじょう》を、なにも知らなかったようだね。あんな戦争《せんそう》でたくさんの兵《へい》が犠牲《ぎせい》になったのはゆるせないと、親公《ちかしこう》は怒《いか》りをつづっている。文禄《ぶんろく》の役《えき》で死んだ家臣の名前が二十名近くあがっているが、これでもまだほんの一部だそうだ。」

ふうん。この遺書、史料《しりょう》として、めちゃくちゃ重要《じゅうよう》じゃないか。なんで、公表してないんだろう。

「ま、このあたりのことは、みなさんもあまり興味《きょうみ》がないでしょう。かんじんな、草薙剣《くさなぎのつるぎ》に話をしぼりましょう。」

大原《おおはら》先生は紗和《さわ》さんに笑顔《えがお》をむけて、後半の一節《いっせつ》をゆびさした。

「注目してほしいのは、ここです。『かねてより、子孫《しそん》に残《のこ》すべく波多家《はたけ》伝来《でんらい》の宝《たから》を隠《かく》し』とあるでしょう？」

うちらはのりだして、その部分に目をこらした。たしかに、そう書いてある。ただ残念《ざんねん》なことに、そのあと遺書《いしょ》は大きくやぶれていて、つづきの文章がなくなっていた。

「宝が草薙剣だとは、書いてないんですね。」

「それはとうぜんだろう。お宝の正体を、はっきり書くわけがない。なにしろ、ものは三種《さんしゅ》の神器《じんぎ》だからね。」

大原先生が、うちをさとすようにいう。

「それで先生、最後《さいご》のところがかんじんでしたでしょう？　よければ、みなさんに読んできかせていただけません？」

誠《まこと》さんにそういわれて、大原《おおはら》先生はせきばらいをした。

「『松浦党宝守《まつらとうたからもり》の大役《たいやく》を果《は》たせず、誠《まこと》に無念《むねん》。ただ辞世《じせい》の句《く》を遺《のこ》し、散《ち》り散《ぢ》りになった松浦党の末裔《まつえい》が宝守となることを、かさねて祈《いの》るばかりである。』」

「ジセイの句って、なあに？」

大原先生は眼鏡《めがね》をずりあげて、アンを見た。

「死ぬ前につくる俳句《はいく》や和歌《わか》のことだよ。親《ちかし》は宝《たから》のかくし場所を暗号にして、辞世の句をつくった。というのが、ぼくの推理《すいり》なんだが。」

大原先生が、辞世の句を読みあげる。

「風さむき　窯《かま》も古びし　松浦津《まつらづ》か
　白波《しらなみ》の下　花ちる夜明け。」

「さあ、この歌にかくされた暗号が、わかるかな？」

からかうように、大原先生がいった。

9　和歌《わか》の暗号　アン

歌にかくされた暗号？

なんのことか、ちんぷんかんぷんだわ。

「ここ、なんて読みましたっけ。」

わたしは「松浦津《まつらづ》」というところをゆびさした。

「マツラヅ。松浦の港ということだね」と、大原先生はほほえんだ。

「どうして波の下で、花がちるのかしら？」

「白波《しらなみ》というのは、ここでは海というより、波多氏《はたし》をあらわしているんだと思うよ。波多氏の没落《ぼつらく》を、波の下でちる花にたとえたんだ。」

わたしは、リックを見た。じっと考えこんでいて、なにもいわない。

「『窯《かま》も古びし』っていうのは、なんのこと？」

「それをいうと、答えになってしまうからなあ。窯のことはわからなくても、暗号はとけるはずだよ。」

大原《おおはら》先生はそういうけれど、なんべん読んでも、さっぱりわからない。

「誠《まこと》さんとご主人はもうごぞんじだけれど、だまっていてくださいよ。」

大原先生は、なんだかたのしそう。

大学の先生にしてはイケメンよね。服の趣味《しゅみ》もいいし、書類《しょるい》かばんはヴィトンだ。

「きみたちは小学生だからな。ひとつ、ヒントをだしてあげよう」と大原先生はいった。

「和歌《わか》の技法《ぎほう》に、折句《おりく》というのがあってね。物の名前をばらばらにして、句の頭においていくんだ。」

「ああ、在原業平《ありわらのなりひら》のが有名ですよね。」

伝兵衛《でんべえ》さんが、ひざをたたいた。

「『唐衣《からころも》　きつつなれにし　つましあれば　はるばるきぬる　旅をしぞ思ふ』。句頭《くとう》の一字をとっていくと、『かきつはた』。美しいカキツバタの花を見て、この歌をつくったって。」

「ヨッシー、すごか！」

誠《まこと》さんが、伝兵衛《でんべえ》さんをほれぼれと見る。大原《おおはら》先生も「なかなか、教養《きょうよう》がおありですね」といった。

「でも、それじゃ『かかましは』になっちゃう。もしかして唐津弁《からつべん》？」

わたしがいうと、大原先生はわらった。

「いや、なかなかおもしろいお嬢《じょう》さんだ。」

「おしいわ」と誠さん。

「きしかたけ。」

リックが、ぼそりといった。

「なに？」

「はじめじゃなくて、おわりをつなげるんだよ。『きしかたけ』。つまり、岸岳《きしたけ》。」

わたしはもう一度、和歌《わか》を見た。

風さむき　窯《かま》も古びし　松浦津《まつらづ》か　白波《しらなみ》の下　花ちる夜明け。

「あっ、なるほどね。さすがリック！」

ほめたのに、リックはしらっとしている。

「そう、正解《せいかい》は岸岳《きしたけ》だ。宝《たから》は波多氏《はたし》の城《しろ》があった岸岳にある。『松浦《まつら》』という地名も入っているしね。」

大原《おおはら》先生は、地図をひろげた。

「じつは岸岳は、唐津焼発祥《からつやきはっしょう》の地でもあるんだ。十六世紀《せいき》の後半、最新技術《さいしんぎじゅつ》をもった朝鮮《ちょうせん》半島の陶工《とうこう》たちが、波多親《ちかし》の保護《ほご》のもと、岸岳に窯《かま》をひらいた。波多氏と朝鮮半島の交流が、さかんだったという証拠《しょうこ》だね。」

リックはうなずいてるけど、よくわからない。

「つまり『窯も古びし』という文句は、唐津焼の窯をしめしていたんだ。地図を見てごらん。バツ印《じるし》が古い窯あとで、岸岳城をかこむように、七つあるだろう。」

「ほんと！」

うわあ、ぞくぞくしてきた。

「この七つ窯では、たくさんの名品《めいひん》がつくられたんだよ。それに七つの窯は、城の見張《みは》りもかねていたらしい。敵《てき》が近づいたら、のろしをあげて知らせることになっていたんだ。」

「ふうん。親公《ちかしこう》というのは、なかなかの人物だったんですね。」

伝兵衛《でんべえ》さんがいうと、誠《まこと》さんとおじいさんは、うれしげにうなずいた。

大原《おおはら》先生は、あごをさすった。

「波多氏《はたし》の没落《ぼつらく》で陶工《とうこう》たちも各地《かくち》に散《ち》ってしまったが、ぼくは、宝《たから》は岸岳《きしたけ》の窯《かま》にかくしてあると推理《すいり》した。つぎの問題は、どの窯かだ。その答えも、辞世《じせい》の句《く》にかくされていたんだが。」

「のこってるのは、『風さむき』と『花ちる夜明け』ってところだけど……。」

大原先生は、やさしい目でわたしを見た。

「たしかに、そこはあやしいね。さて、どんな暗号だろう?」

「『花ちる』っていうんだから、桜《さくら》の木のそばとか。」

「ぼくもそれは考えたが、近くに花樹《かじゅ》がある窯はなかった。」

リックは和歌《わか》と地図をメモ帳《ちょう》に書きうつして、首をひねっている。

「リックは、なにか思いつかない？」

「べつに。」

「また、あとでなにか気がつくかも」とママがフォローする。

誠《まこと》さんとおじいさんは、がっかりしている。

「すみません。どうも、お役に立てなくて。」

伝兵衛《でんべえ》さんがあやまっても、大原《おおはら》先生は気にしていないみたい。

「風が寒いっていうのは、北と関係《かんけい》があるのかも」と、リックがつぶやく。

「いいところに気がついたね。でも、真北に窯《かま》はないだろう？」

大原《おおはら》先生は、地図をゆびさした。

「『夜明け』は東をしめす言葉だから、東にある窯じゃないのかな。ほら、ちょうど東の方角に窯がある。」

そっか！

「そこでわたしは、この窯を調査《ちょうさ》することにした。」

大原先生はじまんげだった。

岸岳城

「しかし、けっきょく空振《からぶ》りでね。かといってぜんぶの窯を発掘《はっくつ》するとなると、費用《ひよう》もかさむし。」

「先生、水くさか。そがんことは、気にせんでください。」

おじいさんが、前のめりでいう。ほんとに、お宝《たから》さがしに夢中《むちゅう》なのね。

「でも岸岳《きしたけ》って、こわいところなんでしょう。たたりがあるってきいたんですけど。」

誠《まこと》さんとおじいさんは、こまったように顔を見あわせた。

「もとは鬼《おに》の子と書いて、鬼子嶽《きしたけ》といいよったとです。鬼がおるから近づかんほうがよかていうもんもおりますが……。」

「わたしはやっぱり、波多氏《はたし》の怨念《おんねん》がのこっていると思います。」

誠さんは、こわいことをいった。

「だって、そうじゃありませんか。親公《ちかしこう》は不名誉《ふめいよ》な言いがかりをつけられて、岸岳城《きしたけじょう》をとりあげられたんです。おもしろ半分で城《しろ》あとに近づいたら、たたられても当然《とうぜん》でしょう。」

「いや、女将《おかみ》、オカルト趣味《しゅみ》はいけませんよ。」

大原《おおはら》先生は、学者さんらしく冷静《れいせい》だった。

「たたりの話は、地元《じもと》のみなさんが波多氏《はたし》を慕《した》う気持ちからでてきたものでしょう。むしろ宝《たから》を守るために、ひとを遠ざけようとして、つくった話とも考えられる。」

「大原先生、よういうてくださりました。」

おじいさんは、またつばをとばした。

「わしは子どものころから、草薙剣《くさなぎのつるぎ》はぜったいにあると思うとりました。ばってん、そんなもんは夢物語《ゆめものがたり》だと、相手にしてもらえんかったとです。大原先生、はよう松浦党《まつらとう》の宝《たから》ばみつけてください！」

おじいさんは顔を赤くして、ごほごほとせきこんだ。

「お父ちゃん、そがん興奮《こうふん》すると、からだにさわるばい。」

誠《まこと》さんが、背中《せなか》をさする。

「あせりは禁物《きんもつ》です。発掘《はっくつ》というのは、時間がかかる作業ですからね。」

言葉はひかえめだったけど、大原先生は自信《じしん》にあふれていた。

「宝さがしは専門家《せんもんか》にまかせて、のこり少ない夏休みをエンジョイしなさい」だって。紳《しん》士《し》よね。

玄海《げんかい》の間《ま》をでると、わたしはリックにいった。

「けっきょくわたしたち、出番がなかったわね。さすがに大学の先生って、頭がいいのねえ。」

「でも『きしかたけ』なんて、やけにかんたんな暗号だと思わない？　波多氏《はたし》の城《しろ》が岸岳《きしたけ》にあったことは、わかってるんだし。どうもトラップくさいな。」

「トランプ？」

「トラップ。ひっかけるための罠《わな》ってこと。波多氏の城が岸岳にあるのはわかってるのに、わざわざ暗号にするかな。」

「かくし場所は岸岳じゃないっていうの？」

「とはかぎらないってこと。それより漢字とひらがなのつかいかたが、ひっかかる。」

「ひらがな？」

「『風さむき』と『花ちる』。どうして『寒い』と『散《ち》る』をひらがなにしたんだろう。」

「たんに、くせだとか。」

「でも『散《ち》り散《ぢ》りになった松浦党《まつらとう》』ってところは、『散る』って漢字をつかってる。」

「じゃあ、どういう意味？」

「それはまだわからないけど。たしかに窯《かま》あとは気になるな。岸岳《きしたけ》に宝《たから》があるかどうかはべつにして、やっぱり行ってみないとね。」

「だって、たたりがあるのに？」

「そんなもの、ただの迷信《めいしん》だよ。」

リックったら、ほんとはこわがりのくせに。

10 月夜のふたり

リック

こんどの旅行では、むりやり携帯《けいたい》を持たされた。

うちのことが心配っていうより、世間体《せけんてい》を考えてのことだと思う。いちおう、毎日連絡《れんらく》をとってますっていえるもんね。

電波の入りがわるいので、庭にでた。

きょう一日の報告《ほうこく》をすませたうちは、夜空を見あげた。黒松《くろまつ》のからみあう空に、月がうかんでいる。

月に見とれていたら、話し声がきこえてきた。

「お父さんは、すっかりあの先生にほれこんでいるんだねえ。」

あれ。伝兵衛《でんべえ》さんの声だ。

「お父ちゃんはむかしっから、のぼせやすいひとやけん。」

いっしょにいるのは、誠《まこと》さんだ。

思わず灯篭《とうろう》のかげにかくれて、ようすをうかがう。

「でもほんとに、よかったと思うとると。お母ちゃんが死んでから、お父ちゃんはがっくりして、食べものもろくにのどを通らんかったんよ。そいがお宝《たから》の話をきいてからは、すっかり元気になって。」

「いいお母さんだったもんなあ。お父さんのためにも、お宝がみつかるといいね。」

「ヨッシーは大原《おおはら》先生のこと、どがん思った？」

「うーん。あの年で教授《きょうじゅ》なら優秀《ゆうしゅう》なひとだと思うけど。どうして？」

「お父ちゃんは、大原先生を婿《むこ》にしたいといいよらすと。大原先生も、あたしに気があるみたいで。」

「え？　あの先生、独身《どくしん》なの？」

「バツイチ。」

「だけどあのひと、岡山《おかやま》の大学の先生だろ？」

「大学やけん、週に三日も行けばすむから、唐津《からつ》からでもかよえるっていいよらすとよ。松浦党《まつらとう》の研究《けんきゅう》をしてくれらすとはありがたいから、そげんつめたくもできんけど。お父ちゃんは、死ぬまでにあたしの花嫁姿《はなよめすがた》を見たいって、うっとうしいとよ。」

大原《おおはら》先生って、誠《まこと》さんねらいなのか。

「ふうん。もてるのもたいへんだなあ。」

「んもうっ、にくらしか！」

誠さんは、伝兵衛《でんべえ》さんをどついた。

「なしてわからんと？　あたしはヨッシーみたいな、ほんわかした、やさしいひとがよかよ。子どものころから、次男坊《じなんぼう》やし、婿《むこ》にするならヨッシーしかおらんと思うとったのに。ヨッシーは、あたしの初恋《はつこい》のひとと！」

「え？　ほんとに？」

伝兵衛さんは、どぎまぎしている。

誠さんは大きな目をきらめかせて、伝兵衛さんにせまった。

「ヨッシー、おぼえとる？　あたしがお城《しろ》で足ばくじきよったとき、おぶってうちまで送ってくれたやろ？」

「ああ……？」

「橋ばわたっとるとき、ヨッシーは『はーっ』ってため息をついたとよ。てっきり、あたしが重くてつかれたんだと思ったけん、ヨッシーは空ば見あげて、『きれいな夕焼《ゆうや》けだねえ！』って、いったとよ。あんときのこと、あたしはずっとおぼえとるとに。」

まずい。

誠《まこと》さん、本気で伝兵衛《でんべえ》さんが好《す》きなんだ。

「ヨッシーが波左間屋《はざまや》をつぐといいよるけんが、あたしは、きっぱりあきらめたとよ。ヨッシーは、いっしょに波左間屋をきりもりしてくれるお嫁《よめ》さんをもらうべきやと思うたけん。」

「……。」

「なのにヨッシーは、あんひとと結婚《けっこん》するつもり？」

月明かりの下、誠さんはすごくきれいで、すごくこわい顔をしている。

「あんひとが年上で、再婚《さいこん》で、子持ちだってことは、どうでもよか。ばってん、あんひと

はここでも、四六時中《しろくじちゅう》スマホでお客さんの相手をしとるやないの。仕事ばやめて、波左間《はざま》屋《や》に入るつもりはないのやろ？」

伝兵衛《でんべえ》さんは、こまったように頭をかいた。

「紗和《さわ》さんは、自分の仕事を、すごく大事にしてるんだ。将来《しょうらい》は自分の店をもちたいって夢《ゆめ》もある。仕事をやめて波左間屋をてつだってくれなんて、紗和さんにいう気はないよ。仕事をしてる女性《じょせい》として、誠《まこと》だって、そんなことはいわれたくないだろう？」

「働《はたら》いとるから、老舗《しにせ》を守るのがたいへんなことやて、わかるんやないの！」

誠さんは、ぱしりといった。

「あたしもむかしは『愛《あい》があればそれだけで』なーんて思っとった。ばってん女も三十すぎれば、そがんあまかことはいうておれん。ヨッシーは、二人三脚《ににんさんきゃく》で波左間屋を守ってくれるひとと結婚《けっこん》せんといかん。あたしは本気で、ヨッシーのしあわせば考えとるとよ。」

じっと伝兵衛さんを見つめる誠さんの目から、はらりと、なみだがこぼれた。

伝兵衛さんははっとして、誠さんの肩《かた》に手をかけた。すると誠さんは伝兵衛さんの胸《むね》に顔をうずめて、しくしく泣《な》きだした。

うわあ。どうしよう。
せきばらいをしようとしたとき、うちはふっと、気配《けはい》を感じた。
ふりむくと、すぐむこうの松《まつ》の木のうしろに、紗和《さわ》さんがいた。
どのくらい前から、あそこにいたんだろう。
伝兵衛《でんべえ》さんたちを見ていた紗和さんは、きびすをかえしてはなれにもどってしまった。
これって、かなりまずいよね？

11　のろわれた山　アン

早いもので、唐津《からつ》も三日目。

あしたはもう帰るなんて、うそみたい。

わたしは島めぐりがしたかったけど、岸岳《きしたけ》に行くことになってしまった。山歩きするってわかってたら、ちがう服を持ってきたのに。

玄海楼《げんかいろう》で車を貸《か》してくれたので、伝兵衛《でんべえ》さんの運転《うんてん》で岸岳に行くことになった。

ママは、なんだか元気がない。わたしとおなじで、山用の服じゃないものね。

「岸岳って、高い山なの？」

「標高《ひょうこう》三百二十メートル。」うてばひびくように、リックが答えた。「二百メートルより上は、きりたった崖《がけ》だって。」

「えーっ。じゃあ、のぼるのたいへんじゃない。」

「でもないよ。登城口《とじょうぐち》まで車で行けるから。岸岳城《きしたけじょう》って、典型的《てんけいてき》な山城《やまじろ》だね。尾根《おね》づたいに一・五キロにわたって曲輪《くるわ》がならんでるんだ。古い石垣《いしがき》や井戸《いど》ものこってるんだって。」

歴史マニアのリックは、いきいきしてる。

夏休みだから混《こ》んでいると思ったけど、駐車場《ちゅうしゃじょう》にとまっていた車は二台だけだった。雲行きもあやしいし、なんだかぞっとしない。

「わたし、たたられたくない。吸血鬼《きゅうけつき》には十字架《じゅうじか》だけど、こういうときはなにがきくの？ママ、お守りとか持ってる？」

「葛飾八幡宮《かつしかはちまんぐう》のお守りなら持ってる」と伝兵衛《でんべえ》さんがいった。

「でもそれ、商売繁盛《しょうばいはんじょう》のお守りでしょう？」

「とにかく、波多氏《はたし》はこの城《しろ》をむりやりうばわれたわけだからね。ここで亡《な》くなったひともたくさんいたそうだから、成仏《じょうぶつ》してくれるようにお祈《いの》りしよう。」

わたしたちは、頂上《ちょうじょう》にむかって手をあわせた。

おねがいします。わたしはピュアでスイートな乙女《おとめ》です。たたるなら、わるいひとにたたってください。

城《しろ》あとは殺風景《さっぷうけい》だったけど、案内板《あんないばん》や道しるべの矢印《やじるし》は、けっこうちゃんとしている。お城《しろ》はのこっていなくて、あるのはくずれた石垣《いしがき》と、うっそうとしげる樹《き》だけ。防虫《ぼうちゅう》スプレーをしてきて正解《せいかい》。

「この堀切《ほりきり》、迫力《はくりょく》あるなあ。」

リックはいちいち感心していたけど、わたしは靴《くつ》がいたむのが気になった。つきあたりは崖《がけ》で、いまにもくずれおちそうな巨岩《きょがん》がつきでている。岩の名前は、姫《ひめ》おとし岩ですって。

「ぶっそうな名前だなあ。ほんとにお姫さまを、ここからつきおとしたのかな。」

伝兵衛《でんべえ》さんも、腰《こし》がひけている。でもリックは、見るからにあぶなそうな岩に、ぱっとかけあがった。

「おお、絶景《ぜっけい》だ。海が見える!」

岩のへりに立って、リックはさけんだ。ママと伝兵衛さんは、はらはらしてる。ふりむいて、リックがよんだ。

「アン、なにしてんの？　もしかして、高所恐怖症《きょうふしょう》？」

「そんなことないわよ。わたしは姫《ひめ》だから、のぼったらおちちゃうじゃない。」

「陸《りく》ちゃん、もうおりてきて。心臓《しんぞう》にわるいわ。」

ママにいわれて、しぶしぶリックはおりてきた。「自分で姫っていうか？」とつぶやいている。

「なんかいった？」

「べつに。ぬけ穴《あな》らしきあともあるんだね。ほんとに、宝《たから》のかくし場所になりそうなところがそこらじゅうにあるな。」

「でもかくしたのは、窯《かま》なんでしょう？」

「大原《おおはら》先生の推理《すいり》によればね。調査《ちょうさ》したっていう東の窯を見ていこうよ。」

山をくだって窯あとへ行くと、斜面《しゃめん》にぽっかりと穴《あな》があいていた。

「発掘調査中《はっくつちょうさちゅう》　関係者以外《かんけいしゃいがい》立ち入り禁止《きんし》。」

札《ふだ》は立っていたけど、作業しているひとはいなかった。入り口にオレンジ色のコーンがならんで、黄色いテープがはってある。

横の立て看板《かんばん》には、窯《かま》の絵がかいてあった。

「なるほどなあ。縦《たて》にわった竹をふせたようなかたちだから、割竹式《わりたけしき》のぼり窯っていうのか。斜面《しゃめん》をのぼるように、窯がならんでいたんだね。長さはおよそ三十五メートル。」

リックは、看板を読みあげた。

「岸岳《きしたけ》に窯がつくられたのは、一五八〇年ごろ、波多親《はたちかし》が四十代のときだって。つまり壇《だん》ノ浦《のうら》で草薙剣《くさなぎのつるぎ》が海に消えてから、四百年ちかくあとのことだね。窯にかくしたんだとしたら、それまでは、べつの場所にあったことになる。」

リックは玄海楼《げんかいろう》にあった懐中電灯《かいちゅうでんとう》で、穴のなかを照《て》らしていた。そのままひょいと、コーンをまたぐ。

「陸《りく》ちゃん、だめよ」とママがとめる。

「でもうちら、関係者《かんけいしゃ》だよ。草薙剣をさがしてくれって、たのまれてるんだから。」

たしかに。

わたしたち四人は、穴のなかに入った。

おまんじゅうみたいな窯が、たてにならんでいる。窯の両側《りょうがわ》は坂になっていて、奥《おく》にいくほど高くなっていた。

かべぎわにはスコップや、われた陶器《とうき》のかけらがならんだ棚《たな》がある。

「この水のはいった桶《おけ》とか、ブラシはなに？」

「陶器を掘《ほ》りだすときにつかうんだよ。ほら、窯《かま》のなかにまだ破片《はへん》があるよ。」

リックはずんずん、奥《おく》に入っていく。

「大原《おおはら》先生は、窯《かま》のうしろも掘ったんだ。ほら、ここ見て。」

リックは、つきあたりを懐中電灯《かいちゅうでんとう》で照《て》らした。四角いかたちに穴《あな》があいている。

「ここからは、なにもでてこなかったのね。」

「らしいね。」リックはそういって、穴をのぞきこんだ。「前に窯があるから、かくし場所にはもってこいなのにな。」

「わたしたちで、もうちょっと掘ってみる？」

がたん。

入り口のコーンのひとつが、音をたてたおれた。

「わっ！」とさけんで、リックがとびあがる。

やっぱり、こわかったのね。

「風がでてきたかな。」

そういう伝兵衛《でんべえ》さんも、気味わるそうな顔をしている。

「雨もふってきたみたい。ひどくならないうちに、もどったほうがよくないかしら」とママ。

わたしたちは、そそくさと車にもどった。

たおれたコーンをもどした伝兵衛さんは「どうしてたおれたんだろう」と首をひねっている。

やっぱり、たたりだと思う。さっきから、背中《せなか》がぞくぞくするし。

わたしたちは車のなかで、用意してもらったお弁当《べんとう》を食べた。

おなかがいっぱいになって、帰りの車のなかで寝《ね》てしまった。

そして、夢《ゆめ》を見た。

12　アンの見た夢《ゆめ》

日没《にちぼつ》まぢかの海を、船団《せんだん》はぬうようにすすんでいた。

帆《ほ》が風をはらむ音だけが、ものさみしくひびいている。

それほど船のなかは、ひっそりとしていた。

武具《ぶぐ》を身につけたまま、むっつりと雲をにらんでいる男。矢傷《やきず》を負い、船《ふな》べりにもたれてうごかない男。どの男たちの顔にも、重たい綿《わた》のようなつかれがうかんでいた。

年老《としお》いた武者《むしゃ》のひとりが、ぽつりといった。

「やはり、われら松浦党《まつらとう》におとがめはあろうか。」

となりにいたひげの武者は、仏頂面《ぶっちょうづら》をして答えない。

「海戦《かいせん》は平家《へいけ》に利《り》ありと思うていたが……。」

「いまさら読みちがいを悔《く》いても、しかたあるまい。」

ひげの武者《むしゃ》は、さばさばといった。

「わしもたしかに、もうちっとは平家《へいけ》がもちこたえると思っておった。しかしわれらにとっては、平家が勝とうが源氏《げんじ》が勝とうが、たいしたちがいはない。われらが勇猛《ゆうもう》な海の民《たみ》で、大陸《たいりく》との交易《こうえき》にはかかせぬとわかれば、鎌倉《かまくら》もわしらを切《き》り捨《す》てはしまい。はじめから源氏に味方していたとしても、いや、たとえ源氏の一門《いちもん》だとしても、鎌倉がじゃまだと思えば、容赦《ようしゃ》なく切り捨てられよう。われらにとってなによりたいせつなのは、一味同心《いちみどうしん》。都《みやこ》や鎌倉にどう思われようと、松浦党《まつらとう》の仲間《なかま》で助けあうことよ。」

ひげの武者の言葉に、まわりにいた武士《ぶし》たちはうなずいた。

「そのとおりだ。都や鎌倉の連中《れんちゅう》に、海のことはわからんからな。」

「大陸のこともだ。言葉はおろか、宋《そう》から見れば、こちらは辺境《へんきょう》の蛮族《ばんぞく》と思われていることも知らん。都のやわな連中とちがって、大陸の人間とつきあうのは、ひとすじなわにはいかんものだ。そこらへんのことがわかるのは、われらのほかにはいないのだから。」

それまでごろりと横になっていた武者のひとりが、からだを起こした。

いかにもいくさなれした、ふてぶてしい顔つきをしている。

「いちいちもっともだが、大事なことをわすれてはいないか。幼《おさな》い帝《みかど》と草薙剣《くさなぎのつるぎ》が、みつかっていないのだぞ。」

武士《ぶし》たちは、胸《むね》をつかれたような顔になった。

「おそれおおくも、三種《さんしゅ》の神器《じんぎ》をひきついで帝になったおかたと、神器のひとつが消えうせたのだ。都《みやこ》の連中《れんちゅう》は、にせの神器でごまかして、あたらしい帝をかつぎだしたというがね。そんなことは、天がおゆるしになるまい。」

「ご幼少《ようしょう》の帝は、ご神剣《しんけん》を持って、どこかに逃《に》げのびられたのかもしれん。」

「それなら、三種の神器をすべて持っていかれたはずだ。あのお年だ。おちのびる手はずなら、おつきの者がいないはずはないからな。」

武者《むしゃ》はぎらりと光る眼《め》で、仲間《なかま》を見わたした。

「だいたいご神器が、わけもなく消えうせるはずがあろうか。いまに、とんでもないことがおきる気がしてならん。海でひとが死ぬと思いがのこることは、海の民《たみ》ならよく知っておろう。平家一門《へいけいちもん》のうらみにくわえ、帝が亡《な》くなったのだ。どんなにおそろしいたたりが

あるか、わしは松浦党《まつらとう》のゆくすえが案《あん》じられてならぬ。なにしろ、そんなことになったのは、われらのせいでもあるのだからな。」

ひょうとふく風が、きゅうにつめたくなったように感じられた。

武者《むしゃ》たちは、貝のように口をとざしている。

すみのほうから、ぽつりと声がした。

「ゆうべ、夢《ゆめ》を見た。」

まだ若《わか》い武者《むしゃ》で、目に傷《きず》をうけたらしく、血のにじんだ布《ぬの》がいたいたしい。

「どんな夢だ。」

「海にしずまれたという帝《みかど》が、でてこられた。」

一同は、はっとした顔で若武者につめよった。

「なんと。それで、どんなごようすであった。なにか、おっしゃったのか。」

若武者は、血《ち》の気《け》のない顔でうなずいた。

松浦党のひとびとは、かたずをのんで、若武者の言葉をまちうけている。

「帝は幼《おさな》いながら、それはおうつくしい、おだやかなお顔をしていらっしゃった。そして、こうおっしゃった。『草薙剣《くさなぎのつるぎ》を唐津《からつ》に持ちかえり、国の守りとせよ』と。」

松浦党《まつらとう》の武士《ぶし》たちは、息をのんで顔を見あわせた。

「帝《みかど》は、お怒《いか》りではなかったのか。」

「もったいない。ご神器《じんぎ》を唐津に持ちかえれとは……。」

「しかし、持ちかえれといわれても、草薙剣はどこにあるというのだ？」

ひげ面《づら》の武者《むしゃ》だけが、渋《しぶ》い顔をしている。

若武者《わかむしゃ》はうっとりした表情《ひょうじょう》で、言葉をつづけた。

「帝は、わたしに草薙剣をさしだされた。」

「おう。ご神剣《しんけん》とは、どのようなものであった？」

「それよ。きけば宮中《きゅうちゅう》のかたでさえ、見ることはかなわぬそうな。」

一同が見まもるなか、若武者のからだが、わなないた。

「まばゆい光に目がくらみ、わたしはもったいなさに、顔をあげることもできなかった。帝は、やさしくおっしゃった。『よく見るがよい。そして、心にきざめ』と。わたしは勇《ゆう》気《き》をふりしぼり、ご神剣に目をこらした……。」

13 金属探知機《きんぞくたんちき》? リック

「誠《まこと》さんにきいた話を、夢《ゆめ》で見たんだよ。」

興奮《こうふん》して夢の話をするアンに、うちはいった。

アンってときどき、映画《えいが》みたいな夢を見るんだよね。

「松浦党《まつらとう》のひとの夢に、安徳天皇《あんとくてんのう》がでてきたっていってたじゃない。むかしのひとは夢のおつげを、真剣《しんけん》にうけとめてたって。」

うちが本気にしないので、アンはむくれた。

「じゃあわたしも、むかしに生まれればよかった。ぜったい、岸岳《きしたけ》にいる波多氏《はたし》の霊《れい》が、夢を見せてくれたのよ。」

「杏珠《あんじゅ》ちゃんは、感受性《かんじゅせい》がゆたかだから。」

運転《うんてん》している伝兵衛《でんべえ》さんがフォローした。ものはいいようだ。

うちは、助手席《じょしゅせき》の紗和《さわ》さんをちらっと見た。いつもより口数が少ない。

やっぱりゆうべのこと、気にしているのかな。

「鏡山《かがみやま》にあたらしくできた展望台《てんぼうだい》へ行きたかったんだけど、この雨じゃなあ。」

伝兵衛さんはしきりに、残念《ざんねん》がっている。

うちは車窓《しゃそう》をたたく雨つぶを見ながら、ちょっとあせっていた。あした帰るまでに、なにができるだろう。

玄海楼《げんかいろう》に帰りついたのは、二時すぎだった。

まちかまえていた誠《まこと》さんは、なにも発見がなかったことをきいて、がっかりしていた。

「大原《おおはら》先生って、いま部屋にいますか？　もういっぺん、波多氏《はたし》の遺書《いしょ》を見せてもらいたいんだけど。」

「大原先生は、いまお留守《るす》なの。」

誠さんは、なぜか歯《は》ぎれがわるかった。

「お知りあいと学会のうちあわせだとかで、おでかけになったわ。夕食にはもどられると思うけれど。」

うわ。ついてないな。

どうしようかと思っていると、玄海楼《げんかいろう》の女性《じょせい》スタッフが、誠《まこと》さんに声をかけた。

「女将《おかみ》。蔵《くら》にある朝鮮唐津《ちょうせんからつ》の壺《つぼ》をつかいたいんですけど。前に椿《つばき》をいけた……。」

「ああ、あれね。わたしがあけて、持ってくるわ。」

「蔵があるんですか？」

「ええ、うちの土蔵《どぞう》は現役《げんえき》ですから。ちょっとのぞいてみる？」

「あ、見たい！」

「ぜひ。」

「わたしはすこしつかれたので、部屋で休ませていただきます。」

紗和《さわ》さんはそういって、はなれに歩きだした。

誠さんと、いっしょにいたくないのかも。うちは、伝兵衛《でんべえ》さんをつついた。

「伝兵衛さん、ついていてあげたら？」

「え？　でもかえって、休めないんじゃ。」

「いいから！」

うちはつきとばすように、伝兵衛《でんべえ》さんを追いはらった。

「リック、どうしたの？」

アンにはゆうべのこと、話していないんだ。なんだか、いいづらくて。

「べつに。」

「あらそう。知ってる？　リックの『べつに』って、『なんかある』って意味なのよね。」

アンって、前より性格《せいかく》がわるくなった気がする。

もしかして、うちの影響《えいきょう》？

うちとアンは蔵《くら》に案内《あんない》してもらった。扉《とびら》には三《み》つ丸《まる》の紋《もん》がついている。

「これ、鶴田《つるたけ》家の家紋《かもん》ですか？」

「ええ。三つ丸の上に横棒《よこぼう》がふたつ入ると、波多氏《はたし》の紋になるの。」

誠《まこと》さんがかんぬきをあけて、うちらはなかに入った。

蔵のなかは、ひんやりしている。

棚《たな》には大小の木箱がびっしりとならんでいた。「絵唐津《えからつ》　土瓶《どびん》　ぶどう柄《がら》」とか、なかみがわかるように札《ふだ》が貼《は》ってある。

「掛《か》け軸《じく》や器《うつわ》は、季節《きせつ》ごとにいれかえるの。ここには、とくにいいものをおいているのよ。」

「それこそ、お宝《たから》がいっぱいありそうですね。」

「それほどでもないけれど。この朝鮮唐津《ちょうせんからつ》は、わたしも大好《だいす》きなの。」

誠《まこと》さんは、木箱《きばこ》をあけて壺《つぼ》を見せてくれた。こげ茶の地に、白い釉《ゆう》がかかっている。

「渋《しぶ》いけど、上品ですね。」

「あら、焼《や》き物《もの》も目ききなのね。」

「これで、いくらぐらいですか?」とアン。

「値段《ねだん》より、こういう土ものは、つかいこむほど味がでるのが値打《ねう》ちなの。」

「土もの?」

「焼き物には土でできた陶器《とうき》と、石でできた磁器《じき》があってね。有田焼《ありたやき》は陶石《とうせき》をつかった石ものだから、かたい感じがするでしょう?」

「ああ。はじくと、ピーンと音がするもんね。そうか。あっちは材料が石なんだ。」

「土ものは、あたたかい感じよね。この朝鮮唐津は、京都《きょうと》の茶道家《さどうか》にも、ぜひゆずってほしいといわれたのよ。」

誠《まこと》さんは、いとしげに壺《つぼ》を見ている。

すみにある、青いビニールシートが目に入った。

「あれ、なんですか？」

「ああ、あれね。発掘《はっくつ》をはじめるときに、大原《おおはら》先生からおあずかりしたの。金属探知機《きんぞくたんちき》だとか、おっしゃっていたけれど。」

割烹着《かっぽうぎ》の男のひとが、蔵《くら》に顔をだした。

「女将《おかみ》、ちょっとすみません。大河内《おおこうち》さまの御宴席《ごえんせき》のことで。」

誠さんが蔵をでていったので、うちはビニールシートに近づいて、めくってみた。

アルミの細長い箱で、南京錠《なんきんじょう》がかけてある。なるほど。この大きさじゃ、部屋の金庫には入らないな。

「それが金属探知機？」

「らしいね。金属探知機をつかえば、剣《けん》があるかどうかしらべられるから。でもなんで発《はっ》掘現場《くつげんば》じゃなくて、ここにあるんだろう？」

「予備《よび》とか。」

「でも岸岳《きしたけ》の窯《かま》には、金属探知機《きんぞくたんちき》はなかったよ。地雷《じらい》をさがす映像《えいぞう》を見たことがあるんだ。いろんな種類《しゅるい》があるんだけど。これ、どのタイプかな。」

誠《まこと》さんは、まだ外で話している。

蔵《くら》を見わたすと工具箱があった。うちはほそいドライバーをえらぶと、南京錠《なんきんじょう》にいれてまわしてみた。

「リック、なにしてるの?」

「おばあちゃんが、しょっちゅう鍵《かぎ》をなくすんだよ。それで、あけるこつをおぼえたんだ。」

かちり。

小気味《こきみ》いい手ごたえがして、南京錠があいた。

アルミの箱をあけると、なかには古い木箱が入っていた。

木箱?

色のあせた絹《きぬ》ひもでゆわえてある。金属探知機をいれてあるにしちゃ、へんだぞ。

ひもをほどいて、ふたをあける。

アンも、横から箱をのぞきこむ。

入っていたものを見て、うちは息をのんだ。

剣《つるぎ》。

竹のふしのような柄《がら》がついた、幅広《はばひろ》の古い剣だ。

紫色《むらさきいろ》の布張《ぬのば》りの箱に、ぴたりとおさまっている。だいぶ錆《さ》びているけれど、ところどころ、白銀《はくぎん》の地がのこっている。長さは一メートルちょっと。刃のまんなかにあつみがあって、葉っぱの先のように、先端《せんたん》がとがっている。

「やだ。これ、草薙剣《くさなぎのつるぎ》？」

アンの声は、ふるえていた。

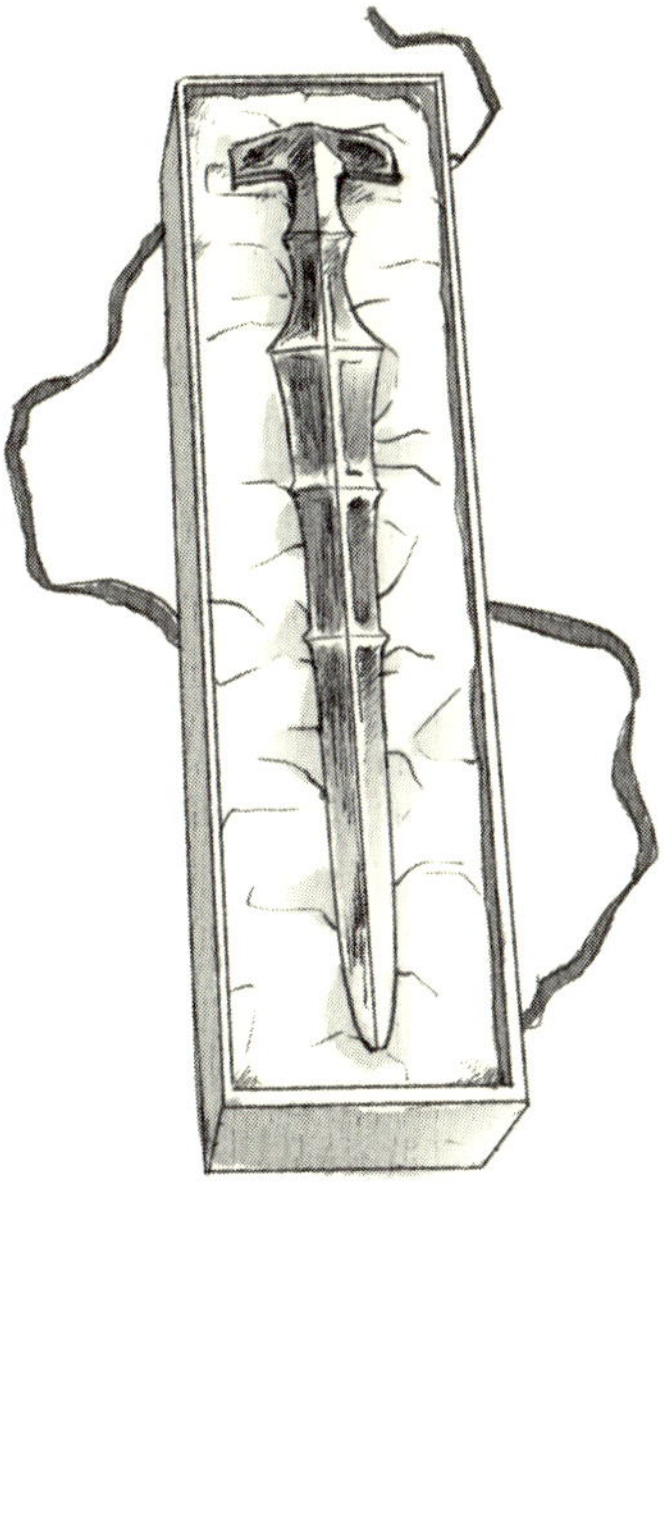

14　ふーけもん

アン

どうしよう。

目の前に、三種《さんしゅ》の神器《じんぎ》がある。

誠《まこと》さんをよぼうとすると、リックがわたしの腕《うで》をつかんだ。

「ちょっとまって。」

「なんで？」

「まってったら。考えてるんだ。なんで、剣《つるぎ》がここにある？　大原《おおはら》先生は、なんでだまってるんだ？」

「みつかったのに、だまってたのよ！　きっと、ひとりじめする気なんだわ。」

ひどい。紳士《しんし》ぶってたくせに。最低《さいてい》！

「ストップ。よく見て。この箱は、剣《つるぎ》がぴったりおさまるようになってるよ。それに誠《まこと》さんは、発掘《はっくつ》をはじめるときにあずかったっていわなかった？」

わたしは、三秒考えた。

「へんね。」

「へんだよ。へんっていえば、大原《おおはら》先生の態度《たいど》がへんだ。ずっと、ひっかかってたんだ。」

「なにが？」

「なぞをといたつもりで発掘して、なにもでてこなかったら、がっくりするだろ。なのに、やけに余裕《よゆう》だったじゃないか。」

「人間が、できてるんだと思ってた。」

「できた人間なら、ひとを子どもあつかいしないよ。」

「それでこれは、どういうこと？」

リックは眉間《みけん》にしわをよせて、剣を観察《かんさつ》している。

「発掘前に持ちこまれたんなら、これは草薙剣《くさなぎのつるぎ》じゃない。ほら、箱に入ってる家紋《かもん》は四《よ》つ菱《びし》で、波多氏《はたし》のとはちがう。この家紋《かもん》の家にあった、古い剣なんだよ。」

「参考《さんこう》にするために、持ってきたとか。」

「だったら金属探知機《きんぞくたんちき》だなんて、うそをつくかな。わざわざアルミケースにいれて鍵《かぎ》をかけたのは、なかみを知られたくないからだよ。」

「どうして？」

「考えられるのは、なにか、わるだくみをしてるってことだね。もしもそうなら、すなおにみとめはしないだろうけど。」

「じゃあ、どうすればいい？」

「うーん。まずは金属探知機の話をふって、反応《はんのう》を見てみるか……。」

「そうね。もしかしたら、なにかわけがあるのかもしれないし。」

わるだくみじゃないといいな。もしもそうなら、誠《まこと》さんのお父さんがかわいそう。

箱にもとどおり南京錠《なんきんじょう》をかけたとたんに、誠さんがもどってきた。

「どう？　なにかおもしろいものでもみつかった？」

「え？　いえ、まあ。」

わたしたちは、ひきつったわらいをうかべて蔵《くら》をでた。

誠《まこと》さんとわかれて、わたしたちは庭を通って、はなれに帰ることにした。

雨はやんだけれど、空はまだどんよりしてる。

わたしはふいにぞくっとして、腕《うで》をさすった。

「どうしたの？」

「岸岳《きしたけ》に行ってから、なんだか寒気《さむけ》がするの。もしかして、たたりかしら。」

「夏かぜじゃない？」

リックはそっけない。

とちゅうで厨房《ちゅうぼう》の裏《うら》に通りかかった。ぷうんと、おだしのいい香《かお》りがする。

「あっ、秘密《ひみつ》のふたりや！」

元気のいい声がして、男の子がとびだしてきた。

「あれ？　千葉《ちば》くん？」

きのう浜辺《はまべ》で会った男の子だ。

「やっぱり、ここに泊《と》まっとったとね。」

「どうしてわかったの？」

「草薙剣《くさなぎのつるぎ》ば、さがしとるっていっとったし。そいなら玄海楼《げんかいろう》やて、父ちゃんがいうけん。イカをとどけに、よくここにきちょるんよ。父ちゃんの釣《つ》るケンサキイカは最高《さいこう》やからね。」

千葉《ちば》くんは、すごくうれしそうだ。

「そいでみつかった？　草薙剣。」

びみょう。わたしはリックと顔を見あわせた。

「秘密《ひみつ》。」

「そん秘密、ききたかぁ！」

千葉くんは、ごはんをねだる仔犬《こいぬ》みたいな顔になった。

「おしえたら、秘密じゃなくなるでしょ。」

「ばってん、そがん宝《たから》をみつけるのは、あのふーけもんにはむりやろうが。」

「ふーけもんって？」

「ばかなやつってこと。ずーっとただで泊《と》まっとる、大学の先生がおるやろ？」

「ああ。大原《おおはら》先生？」

あのひとも、ただで泊まってるの？

「そん先生が携帯《けいたい》でしゃべっとると、父ちゃんがきいたんよ。それがずーっと、ソーセージの話をしとったたって。」

「ソーセージ？」

「長さが三十センチだの、なるべく外国人に売りたいだの。こがん魚のうまかとこで、ソーセージをアツく語らんでもよかばい。おまけに、なかに砂《すな》がつまってるっていうとったって。ありゃあ、ふーけもんにちがいなかって、父ちゃんもあきれとった。」

砂がつまったソーセージ？

さっぱり、わけがわからない。

厨房《ちゅうぼう》から女性《じょせい》スタッフのひとが庭にでてきた。甕《かめ》に貯《た》めてあった水を、壺《つぼ》にいれはじめる。

さっき、蔵《くら》で見せてもらった唐津焼《からつやき》の壺だ。これからお花をいけるのね。

「あぁっ！」

リックが、ひたいをたたいた。

「ソーセージって、そういうことか！」

いったい、なにがわかったの？

15 たたり　リック

空がかげって、また雨がふりだすと、こんどは本降《ほんぶ》りになった。

陰気《いんき》な雨音が、はなれをすっぽりつつんでいる。

ほの暗いわたり廊下《ろうか》のむこうから、話し声がきこえてきた。

「子どもだし、つかれて熱《ねつ》でもだしたんでしょう。たたりだなんて、そんなばかな。」

大原《おおはら》先生の声だ。

「でも岸岳《きしたけ》からもどって、きゅうにぐあいがわるくなったんです。」

心配そうな、誠《まこと》さんの声。

「顔色は真っ青だし、うなされて、わけのわからないうわごとをいっています。大原先生なら、意味がおわかりになるかもしれないと思って。」

うちはふとんの横にすわっていた。

アンが青ざめた顔で、床《とこ》についている。

紗和《さわ》さんと伝兵衛《でんべえ》さんは緊張《きんちょう》した顔で、アンを見まもっていた。

「失礼《しつれい》いたします。」

誠《まこと》さんと大原《おおはら》先生が、入ってきた。

「お嬢《じょう》さんの気分がすぐれないそうですね。たしかに、顔が真っ青だ。」

大原先生は、アンをのぞきこんだ。アンはぐったりして、息もたえだえだ。

「岸岳《きしたけ》からもどってきたときは、なんともなかったんです。でも夕方から、気分がわるいといいだして。アンはもともと、霊感《れいかん》が強いほうですし。」

紗和さんがいうと、伝兵衛さんもうなずいた。

「窯《かま》あとを見にいったら、おかしなことがあったんですよ。風もないのに、いきなりコーンがたおれたんです。」

大原先生は苦笑《にがわら》いをした。

「たたりの話をきいていたから、その影響《えいきょう》でしょう。思いこみというやつですよ。子どもには、よくあることだと思いますが。」

アンがひいっと息をすいこんで、なにかつぶやいた。

「アン、どうかした?」

紗和《さわ》さんが、アンの上にかがみこむ。

「……じ。」

「なに?」

「ソーセージ……。」

大原《おおはら》先生が、ぎょっとした顔をした。

うちも、アンに顔をよせた。

「アン? なにがいいたいの? ソーセージがどうしたって?」

「ソーセージがぬすまれた。ぬすみだしたものは、きっと、たたりをうけるだろう。」

アンの声は、いつもとちがっていた。まるで男のような、低い声。

「どうも、混乱《こんらん》しているようですね。」

大原先生は、笑顔《えがお》をつくった。

「お嬢《じょう》さんは、ソーセージの夢《ゆめ》でも見てるんでしょう。」

「でもアンは、ハムやソーセージはきらいですけれど。」

紗和《さわ》さんが、まゆをひそめる。

「おのれ。よくもわれらの宝《たから》をぬすんだな。たたってやる。たたって……。」

アンは背中《せなか》をのけぞらせて、白目《しろめ》をむいた。

大原《おおはら》先生がおどろいて、からだをひいた。

ぎいっ。ぎし、ぎしっ。

気味のわるい音をたてて、天井《てんじょう》が鳴った。

うちらはおそるおそる、天井を見あげた。照明《しょうめい》が、かすかにゆれている。

みしっ……。

「なにかしら。」

不安げな紗和さんに、大原先生はいった。

「なに、なんでもありませんよ。古い建物《たてもの》というのは、ときどき家鳴《やな》りがしますから。」

かりかりかり。

こんどは、天井《てんじょう》をつめでひっかくような音がした。

大原《おおはら》先生も、さすがに気味わるげに天井を見あげている。

「きっと、波多氏《はたし》の亡霊《ぼうれい》だよ。岸岳《きしたけ》をあらされて怒《おこ》っているんだ。」

うちがそういった、そのとき。

ばたん！

床《とこ》の間《ま》の掛《か》け軸《じく》が、いきなりおちた。

「うわっ！」

あまりのタイミングに、うちはのけぞった。

掛け軸はしゅっ！　と音を立ててまるまると、床の間からたたみにころがってきた。

伝兵衛《でんべえ》さんが、ぱっと紗和《さわ》さんをだきよせる。

みんなはすいよせられるように、ぴたりととまった掛け軸を見た。

「たたりだわ。」

誠《まこと》さんが、つぶやいた。

「女将《おかみ》、そんなものは迷信《めいしん》ですよ。」

「でも、あの掛《か》け軸《じく》は、ご先祖《せんぞ》が親公《ちかしこう》からいただいたものなんです。」

誠《まこと》さんは亡霊《ぼうれい》の気配《けはい》をさぐるように、部屋を見まわした。

つめたい静寂《せいじゃく》が、部屋をおおう。

アンが、むくりとからだを起こした。目の下には、土気色《つちけいろ》のくまができている。

アンは、大原《おおはら》先生をゆびさした。

「ソーセージをぬすんだのは、おまえだ。」

ふるえる声が、アンの口からもれた。

「なに？」

「ソーセージといっても、食べものではない。宋《そう》の時代の、青磁《せいじ》の焼《や》き物《もの》だ。おまえは七つ窯《がま》の奥《おく》から、波多氏《はたし》の宝《たから》を掘《ほ》りだしたのだ。」

大原先生は平静《へいせい》をたもとうとして、目をぎょろつかせている。

「わけがわからないな。女将《おかみ》、これはいったい、どういうことです？」

「わたしにもわかりません。もしかしたら、波多氏の霊《れい》がとりついたんじゃないでしょうか。」

「まさか。」

うちは「大原《おおはら》先生、宋青磁《そうせいじ》のことで、思いあたることはありませんか？」ときいた。

「そんなもの、あるわけがない！」

大原先生は、ヒステリックな声をあげて、うちをにらんだ。

「たたりだなんだと、ばかばかしい。どこできさこんだのか知らないが、宋青磁とぼくに、どんな関係《かんけい》があるというんだね。ぼくがみつけてぬすんだというんなら、証拠《しょうこ》をだしてもらおうじゃないか！」

大原先生はぐいとあごをあげて、うちらを見まわした。

証拠はなさそうだと見てとると、大原先生はふっとわらった。

「あて推量《ずいりょう》でひとを誹謗《ひぼう》するのは、やめておくんだね。なんなら、名誉毀損《めいよきそん》でうったえることだってできるんだ。きわめて不愉快《ふゆかい》だ。ぼくは、これで失礼《しつれい》する。」

立ちあがろうとした大原先生に、誠《まこと》さんがいった。

「先生は、きょう酔虎寿司《すいこずし》で、どなたにお会いになったんですか。」

大原先生は、びくっとして誠さんを見た。

誠《まこと》さんはぬれぬれとした大きなひとみで、大原《おおはら》先生を見すえている。

「大原先生、唐津《からつ》は都会《とかい》ではありません。先生が酔虎寿司であやしげな男と会っているという話は、とっくにわたしの耳に入っていたんです。その男は岡山《おかやま》の骨董商《こっとうしょう》だそうですが、いったい、どんなお話をなさっていたんでしょう？」

大原先生は、いいわけをさがすように、口をすぼめている。

かわりに、うちがいってやった。

「宋青磁《そうせいじ》を売る相談《そうだん》じゃないかな。」

せわしなくまばたきをすると、大原先生は、はっとして誠さんにむきなおった。

「そういうことか。女将《おかみ》、あなたに客の金庫をあける権利《けんり》はないはずだ。あんたがたは、勝手に金庫をあけてなかを見たんだろう。そうとも。これは、れっきとした法律違反《ほうりついはん》だぞ。そうでなければ、どうして壺《つぼ》のことを知ってるんだ。」

「はっ、やっぱり壺か！」

うちは、すっくと立ちあがった。

「砂《すな》がつまってるっていうから、壺だろうと思ってたんだ。大原先生、語るにおちましたね。あなたはいま自分で、青磁《せいじ》の壺《つぼ》があるってみとめたんだ！」

大原《おおはら》（こんなやつを先生とよぶねうちはない）が、しまったという顔になる。

これで観念《かんねん》するだろうと思ったら、大原はすぐさまひらきなおった。

「壺があるとしたら、どうだというんだ。あれは知りあいの骨董商《こっとうしょう》から手にいれたものだ。きみたちに、とやかくいわれるすじあいはない！」

ふん。そうきたか。

「遺書《いしょ》を見て宝《たから》があると知ったあなたは、はじめから宝を売りさばくつもりだったんでしょう。借金《しゃっきん》をかえすためにね。」

「どうして……。」

大原は、口をあんぐりあけた。

「ここの常連《じょうれん》だったあなたは、誠《まこと》さんのお父さんが草薙剣《くさなぎのつるぎ》にこだわっているのを知っていた。だから、あらかじめ剣《けん》を用意していたんだよ。」

ぱん！　とふすまがあいた。

立っていたのは、千葉《ちば》くんだ。

蔵《くら》にあった剣《けん》を持ち、白い歯《は》を見せている。

「あなたはあの剣を、金属探知機《きんぞくたんちき》だといってあずけましたよね。はじめから草薙剣《くさなぎのつるぎ》がないと知っていたから、いざとなればこれをだして、誠《まこと》さんのお父さんをだますつもりだったんだ。うちの推理《すいり》によれば、だけど。」

「話にならん。」

大原《おおはら》は、そういって逃《に》げようとした。

「この、ふーけもんがっ！」

どなり声をあげて仁王立《におうだ》ちになったのは、誠さんだった。

誠さんは、あっけにとられている大原の胸《むな》ぐらを、ぐいとつかんだ。

「いいかげんにせんね！　松浦党《まつらとう》の宝《たから》を、勝手に売ろうとしとったろうが！」

千葉《ちば》くんが持っていた剣を、誠さんはむんずとつかんだ。

「ゆるせん！」

誠さんは大原をけりたおすと、右足で胸をふみつけた。のどもとに剣をつきつけ、鬼《おに》のような顔でにらみつける。

その迫力《はくりょく》にびびったのは、大原《おおはら》だけじゃなかったと思う。

「用意しとった、この剣《けん》はなんね？　白状《はくじょう》せんと、切りきざんで玄界灘《げんかいなだ》にしずめっぞ！」

「かっこよか。」

千葉《ちば》くんだけが、うっとりして誠《まこと》さんを見ている。大原のほうは、金魚みたいに、口をぱくぱくさせている。

「ガキ大将《だいしょう》だっていったろ？」

伝兵衛《でんべえ》さんが、目くばせをした。

16 やっぱり、たたり　アン

「大原《おおはら》先生、ここはざっくばらんにお話しいただけませんか。ことが表沙汰《おもてざた》になれば、大学でのお立場もわるくなると思うんですが。」

おちついてそういった伝兵衛《でんべえ》さんを、わたしは見なおした。

反対に大原先生のほうは、まるで子どもみたいに、すねている。

あ、わかってると思うけど、たたりの話はうそね。

リックは、ソーセージが宋青磁《そうせいじ》の焼《や》き物《もの》だと気づいたの。そこで、この「たたり作戦《さくせん》」を考えたってわけ。

結果《けっか》は大成功《だいせいこう》。

蔵《くら》にあった剣《けん》を見せると、誠《まこと》さんも協力《きょうりょく》してくれた。

大原《おおはら》先生が骨董屋《こっとうや》と密会《みっかい》しているとか、大学での評判《ひょうばん》がわるいとか、よくないうわさをいろいろきいていたんですって。

わたしたちを唐津《からつ》によんだのも、大原先生を信用《しんよう》しきれなかったからみたい。

伝兵衛《でんべえ》さんとママにも、お芝居《しばい》に参加《さんか》してもらった。ママは「怨霊《おんりょう》にとりつかれた美少女《びしょうじょ》メイク」をしてくれたの。

千葉《ちば》くんも、よろこんでてつだってくれた。天井裏《てんじょううら》にしのびこんで、幽霊《ゆうれい》っぽい音をたてる係。そのあとは剣《けん》を持って、ふすまのうしろで出番まちをしてもらった。

でもやっぱり、たたり作戦《さくせん》の鍵《かぎ》になったのは、わたしね。じまんじゃないけど、わたしの演技《えんぎ》は真《しん》にせまっていたと思う。白目《しろめ》をむくのって、特技《とくぎ》のひとつなの。

将来《しょうらい》はファッション関係《かんけい》の仕事って決めてたけど、女優《じょゆう》もありかもしれない。モデルや女優をしながら、自分のブランドを立ちあげるセレブもいるものね。

それにしても、誠《まこと》さんはすごかった。やっぱり、海賊《かいぞく》のＤＮＡはあらそえない。なさけないのは、大原先生よ。

あの剣《けん》はもちろん草薙剣《くさなぎのつるぎ》じゃなくて、骨董屋《こっとうや》さんで仕入《しい》れたものだった。波多氏《はたし》の遺書《いしょ》がぼろぼろの状態《じょうたい》だったのはほんとうだけれど、ぬけていたところは、わざとかくしていたんですって。

そこにはお宝《たから》が宋青磁《そうせいじ》の壺《つぼ》だって、書いてあったから。

掘《ほ》りだした宋青磁の壺は、玄海《げんかい》の間《ま》の金庫にかくしてあった。

とってがふたつついた、すらりとした壺。布《ぬの》でふたがしてあって、ひもで結《ゆ》わえてある。

大原《おおはら》先生は、壺をかかえこんだ。

「この壺は、ぼくがみつけたんだぞ。」

「子《し》いわく、過《あやま》ちて改《あらた》めず、これを過ちという（『論語《ろんご》』より）。」

リックが、さとすようにいった。

「どういう意味？」

「まちがったことをしたのに反省《はんせい》しないのが、ほんとうのあやまちだってこと。」

「まったく……小学生のぶんざいで……。」

大原先生の顔が、赤黒くそまる。

「でもどうして、お宝《たから》がみつかったのに、ぐずぐずしていたの？　ただ食《ぐ》いできるから？」

大原《おおはら》先生は、きっとわたしをにらみつけた。

「たぶん、お宝がほかにもあると思っていたんだよ」とリックがいった。

「遺書《いしょ》の最後《さいご》に、『散《ち》り散《ぢ》りになった松浦党《まつらとう》の末裔《まつえい》が宝守《たからもり》となることを、かさねて祈《いの》るばかりである』ってあったじゃない。『かさねて』っていう言葉はとうとつだし、なにをかさねるのかわからない。ひょっとしたら、宝が複数《ふくすう》あるっていう意味かもしれない。そう推理《すいり》したんじゃありませんか？」

ひきつった大原先生に、誠《まこと》さんがいった。

「先生、借金《しゃっきん》はどのぐらいおありなんですか？」

「……五百万円。」

大原先生が、すねたようにいう。

「でしたら親公《ちかしこう》の遺書と壺《つぼ》をひきかえに、そのお金はおわたしします。それでいかがでしょう？」

わたしもびっくりしたけれど、大原先生は、もっとおどろいていた。

どうするかと思ったら、なんと、それで承知《しょうち》したの。

小切手《こぎって》をわたすと、誠《まこと》さんは、あっぱれな笑顔《えがお》をみせた。

「大原《おおはら》先生、いろいろお世話になりました。もうお目にかかることもないとぞんじますが、どうかおからだにお気をつけて。」

誠さんが、ていねいに頭をさげる。

大原先生は威厳《いげん》をとりつくろってでていきかけて、立ちどまった。

「おろかな連中《れんちゅう》だ。」

ふりかえった大原先生は、うすら笑《わら》いをうかべていた。

「ぼくをやりこめて、いい気になっているようだがね。しょせん、きみたちはしろうとだ。波多氏《はたし》の遺書《いしょ》がみつかったのは、だれのおかげだと思っているんだね。ぼくが手をひいたことを、いまに後悔《こうかい》するだろうよ。」

すてぜりふをのこして、大原先生は玄海楼《げんかいろう》をでていった。にせものの剣《つるぎ》を、しっかりかかえてね。

「いいのか？　誠。」

伝兵衛《でんべえ》さんがきくと、誠《まこと》さんは、さばさばと答えた。

「あのくらい、安かもんばい。へたにうらまれても、つまらんけんね。」

男前《おとこまえ》！

それにひきかえ。

「あんなひとが大学の先生だなんて、がっかり。」

「りっぱな先生だっているさ」とリック。「どんな職業《しょくぎょう》だって、玉石混淆《ぎょくせきこんこう》だからね。」

「わたしは最初《さいしょ》から、好きじゃなかったわ」とママ。「口もとに品がなくて。」

「そうなんです。口もとに人間がでるんですよ。さすがに、わかっていらっしゃいますね。」

誠さんが、なんだかしんみりといった。

「でもこの壺《つぼ》が宋青磁《そうせいじ》なら、すごいねうちものだよ。」伝兵衛《でんべえ》さんは、ふしぎそうにリックを見た。「それにしても、どうして、あの先生が借金《しゃっきん》してるとわかったんだい？」

「あの壺は、松浦党《まつらとう》が平家《へいけ》と日宋貿易《にっそうぼうえき》をしていたころのものだと思うんだ。歴史的《れきしてき》にも、すごく価値《かち》のあるものだよね。歴史の先生としたら大発見だし、名誉《めいよ》なことだもの。それを売ろうとしているんなら、よっぽどさしせまった借金があると思ったんだ。」

誠《まこと》さんは、まじまじとリックを見た。

「陸《りく》ちゃん。おねがいだから将来《しょうらい》は、りっぱな学者さんになってね。あなたみたいな頭のいい子は、税務署《ぜいむしょ》につとめてほしくないわ。」

「どがん意味ね？」

千葉《ちば》くんは、きょとんとしている。

「大人《おとな》の話。」

誠さんに色っぽい笑顔《えがお》をむけられて、千葉くんはふにゃっとなった。

「なんにしろ、お宝《たから》が無事でよかった」と伝兵衛さん。

「ほんとうに。でもお宝が草薙剣《くさなぎのつるぎ》じゃないとわかれば、父がどんなにがっかりするか……。」

誠さんは、かなしそうだ。キレるとこわいけど、お父さん想《おも》いなのね。

千葉《ちば》くんは、目をきらきらさせていた。

「ばあちゃんが、親公《ちかしこう》はえらいひとだといいよったけど、ほんとたい。おれも、子孫《しそん》のために宝《たから》をのこすような男になりたか！」

「それでこそ、松浦党《まつらとう》の子孫よ。」

誠《まこと》さんは千葉くんも招待《しょうたい》して、佐賀牛《さがぎゅう》の特上《とくじょう》ステーキをごちそうしてくれた。千葉くんはステーキより、松浦党のいいつたえをきくほうに夢中《むちゅう》だったけど。

お肉はとろけるようで、わたしはすごくみちたりた気分だった。

「今回も、ちゃんとお宝がみつかってよかった。草薙剣《くさなぎのつるぎ》じゃなくて、ちょっと残念《ざんねん》だったけど。」

「もう、この壺《つぼ》でじゅうぶんよ。」

また、おしとやかになった誠さんがいった。

「松浦党の宝として、たいせつにつぎの世代《せだい》につたえたいわ。」

「でも、さっきリックがいってたけど、ほかにもお宝があるかもしれないんでしょ？」

「確証《かくしょう》はないけどね。可能性《かのうせい》はある。」

「じゃあ、七《なな》つ窯《がま》をぜんぶしらべるってこと？」

誠《まこと》さんは、首をかしげた。

「発掘調査《はっくつちょうさ》となると、それこそわたしたちはしろうとだし……。この先どうするかは、松浦党《まつらとう》の子孫《しそん》であつまって決めようと思います。」

それがいいと、わたしたちはうなずいた。

「あやうくだまされて、親公《ちかしこう》のご遺志《いし》をふみにじるところでした。みなさん、ほんとうにありがとうございました。」

誠さんはたたみに手をついて、わたしたちにふかぶかと頭をさげた。

「とんでもない。でもあの掛《か》け軸《じく》がおちたときは、さすがにぞっとしました」とママ。

「ほんと。どういうしかけをしていたの？」

わたしはリックを見た。

「あれは、誠さんだよ。」

誠さんは、おどろいて首をふった。

「いえ、わたしはなにも。」

「え？　だって掛《か》け軸《じく》をかえたの、誠《まこと》さんでしょう？」

「親公《ちかしこう》に見とどけていただこうと思って、かえたのよ。しっかり、かけておいたけれど。」

わたしたちは、かわりばんこに見つめあった。

だれも、掛け軸にしかけをしていない。

「あの掛け軸、親公からもらったんですよね……。」

千葉《ちば》くんが、げほっとむせた。

「やっぱり、たたりだ！」

17 ちんぐ　リック

きのうの雨にぬぐわれて、朝の空はすがすがしく青かった。

朝つゆにぬれた庭は、どことなく、秋の気配《けはい》をただよわせている。

ああ、今年の夏もおわっちゃうんだな。

夏のおわりって、どうしてこんなにさみしいんだろう。

「うわあ、すごいお天気。」

朝によわいアンは、眠《ねむ》そうな目をこすっていた。けさは千葉《ちば》くんとの約束《やくそく》で、呼子《よぶこ》の朝市《いち》に行くことになっている。

アン母娘《おやこ》の大量《たいりょう》の荷物が、部屋じゅうにちらばっている。午後の飛行機《ひこうき》で羽田《はねだ》にとぶから、帰りじたくが必要《ひつよう》なのに。ふたりときたら、なにを着るかで話しこんでいる。

うちはしびれをきらして、ひとあし先に駐車場《ちゅうしゃじょう》に行った。

車のわきで、伝兵衛《でんべえ》さんと誠《まこと》さんがしゃべっていた。

いけないと思いつつ、またぬすみぎきをしてしまう。

「こないだの晩《ばん》にいうたことは、わすれてよかよ。ただのやきもちだったとよ。掛《か》け軸《じく》がおちたとき、ヨッシーが紗和《さわ》さんをとっさにかばうのを見たら、じゃまするんはバカらしゅうなったと。」

誠さんは、ふっきれたような笑顔《えがお》を見せた。

「凪《な》いどる海に船をだして、嵐《あらし》にあうこともあるし、あれた海にこぎだして、いい日よりになることもある。先のことは、だれにもわからん。大事なのは、信頼《しんらい》できる相手と、ひとつ船かどうかやもん。」

「いや、いいんだ。」

伝兵衛さんは力なくわらってみせた。

「結婚《けっこん》までは考えてないって、ゆうべ、紗和さんにはっきりいわれたよ。ぼくがひとりで、さきばしってたみたいだね。」

うそ。

それって、紗和《さわ》さんの本心かな？　もしかしたら伝兵衛《でんべえ》さんのことを考えて、遠慮《えんりょ》したんじゃないんだろうか。

そのことを伝兵衛さんにつたえたかったけど、アンたちがきてしまった。

「どうかお気をつけて。今回のご恩《おん》はわすれません。伝兵衛さんもみなさまも、またぜひ唐津《からつ》にいらしてくださいませ。」

誠《まこと》さんは、しみじみとした表情《ひょうじょう》で、うちらにわかれをつげた。

伝兵衛さん。

誠さん、最後《さいご》はヨッシーってよばなかったな。

うちらは車で呼子《よぶこ》にむかった。サングラスをかけているから、紗和《さわ》さんの表情は読めない。

おなじ唐津市でも、呼子《よぶこ》は唐津より北、半島の先にある港町だ。三十分ほど車を走らせて、ついたのは八時半をまわっていた。

「おそか！」

千葉《ちば》くんは、朝市通《あさいちどお》りの入り口でまちかまえていた。

「こっちこっち！　うまかもんが、やまほどあるけんね！」

お店と屋台《やたい》が、ずらりとならんでいる、できたてのイカしゅうまいや、揚《あ》げたゲソのいいにおいがする。

「安くしとくけん、買っていかんね！」

「おいしかよ。お土産《みやげ》にどがんね！」

いせいのいいおばちゃんの声が、あちこちからとんでくる。

ゆうべのステーキでおなかはいっぱいだったけど、あれこれつまみ食《ぐ》いをした。ものすごくおいしいことは「がばうま」っていうんだって。

「がばうま」「がばうま」といいながら、うちらは朝市通りを歩いていった。紗和《さわ》さんは、つぎつぎにおみやげを買わされている。伝兵衛《でんべえ》さんも仕事柄《しごとがら》、お店のひとと熱心《ねっしん》に話しこんでいた。

「ほんなこつ、きょう帰らんといかんの？」

千葉《ちば》くんは上目《うわめ》づかいに、うちらを見た。

「なーん、つまらん。せっかく『ちんぐ』になれたとに。」

「ちんぐって?」

「友だちのこと。」

「それも方言《ほうげん》?」

「島に住んでる友だちがつかいよる。もとは朝鮮《ちょうせん》半島の言葉ばい。」

「なるほどね。距離的《きょりてき》に近いから、韓国語《かんこくご》も入ってくるんだ。」

「昼も、呼子《よぶこ》で食べるやろ?」

千葉《ちば》くんがいうと、伝兵衛《でんべえ》さんはこまったような顔をした。

「できればそうしたいんだけれどね。飛行機《ひこうき》の時間があるから、あんまりゆっくりはできないんだ。」

「ばってん呼子大橋《よぶこおおはし》も見らんならんし。船にのってナナツガマも見らんといかん。」

船?

「七《なな》つ窯《がま》は山のなかなのに、なんで船で行くの?」

アンもふしぎそうだ。千葉くんは、おかしな顔をした。

「ナナツガマは海にある洞窟《どうくつ》やっけん。」

「ちょっとまって。七《なな》つ窯《がま》って、岸岳《きしたけ》にある、唐津焼《からつやき》の窯あとでしょ？」

「あー、そっちの七つ窯。ちがうちがう。ここの七《なな》ツ釜《がま》は〈金〉って漢字によう似《に》た釜のほう。七つのかまどが、ならんでるみたいに見える洞窟のことばい。」

「こっちにも、ナナツガマがあるんだ。」

うちは胸《むね》がさわいだ。

ナナツガマが、ふたつある！

「その七ツ釜、見てみたいな。」

「わたしも洞窟、見たーい！」

うちらがいうと、千葉《ちば》くんはいきおいづいた。

「観光船《かんこうせん》の乗り場は、すぐそこばい！　時間も四十分くらいやし。とちゅうで呼子大橋《よぶこおおはし》も見えるけん！」

いそいで遊覧船《ゆうらんせん》乗り場に行くと、九時半発の「イカ丸」が出航《しゅっこう》するところにまにあった。

白い船で、うしろがイカ足のかたちをしている。

のこり少ない夏休みをたのしもうとしている観光客《かんこうきゃく》で、船はいっぱいだ。

家族づれが海や島の風景《ふうけい》に見とれるなか、うちはメモをひらいた。

「リック、なにしてるの？」

「波多親《はたちかし》の遺書《いしょ》を、チェックしてるんだ。ちょっとひっかかることがあって。」

アンは肩《かた》をすくめると、展望《てんぼう》デッキで千葉《ちば》くんとおしゃべりをはじめた。

『かねてより、子孫《しそん》に残《のこ》すべく波多家伝来《はたけでんらい》の宝《たから》を隠《かく》し』

これって、宋青磁《そうせいじ》の壺《つぼ》のことだよね。

それから親《ちかし》は辞世《じせい》の句《く》の前に、こう書いている。

『松浦党宝守《まつらとうたからもり》の大役《たいやく》を果《は》たせず、誠《まこと》に無念《むねん》。ただ辞世《じせい》の句《く》を遺《のこ》し、散《ち》り散《ぢ》りになった松浦党の末裔《まつえい》が宝守《たからもり》となることを、かさねて祈《いの》るばかりである。』

『かさねて』がひらがなになっている……。

集中してメモを読んでいたら、気持ちがわるくなってきた。

さすがは玄界灘《げんかいなだ》で、波があらい。

ほんとのことというと、船ってよわいんだよね。このゆれ具合と、においのコンビネー

ションがきつい。バカにされるから、アンにはぜったいいえないけど。

がまんできなくなって、トイレにかけこむ。

まずいなあ。顔が青くなっている。

アナウンスの声が、くぐもってきこえた。

「玄武岩《げんぶがん》は、火山活動で地表におしあげられたマグマが、急速にひえてかたまった岩石です。これからごらんいただく七《なな》ツ釜《がま》は、玄武岩が海に浸食《しんしょく》されてできた景勝地《けいしょうち》。その名のとおり、およそ二十六メートルの断崖《だんがい》に、大小七つの洞窟《どうくつ》がならんでいます。」

顔をあらってトイレからでると、岸壁《がんぺき》が、ぐんぐん近づいてくるのが見えた。

ほそい材木のような、めずらしいかたちの岩がならんでいる。

洞窟《どうくつ》がぽっかりと口をあけて、うちをまちかまえていた。

18　ふたつの言葉

アン

七《なな》ツ釜《がま》の洞窟《どうくつ》がまぢかにせまると、船から歓声《かんせい》があがった。

すごい。こんなの見たことがない。太いマッチみたいな岩が、びっしりならんでいる。

「これは玄武岩《げんぶがん》の、柱状節理《ちゅうじょうせつり》といいます。六角形の柱がならんでいるように見えるでしょう？」

白いシャツの船長さんが、説明《せつめい》をはじめた。

岩もすごいけど、海の色がちがう！

エメラルドグリーンで、すごく澄《す》んでいる。

「こんな色の海、茅ヶ崎《ちがさき》にはないわ。」

「な、よかばい？　見にきたかいがあったとやろ？」

千葉《ちば》くんの顔も、かがやいている。

ほんとに幻想的《げんそうてき》。日本じゃないみたい。

「いちばん左側《ひだりがわ》の洞窟《どうくつ》は、高さと幅《はば》が三メートル。奥《おく》ゆきは百十メートルで、むこう側《がわ》までつながっています。」船長さんが、洞窟をゆびさす。「満潮時《まんちょうじ》には、小型《こがた》の船なら通りぬけることもできますよ。イカ丸は通りぬけることはできませんが、すこしなかに入ってみましょう。」

うれしい！　なかに入れるんだ！

イカ丸はしずしずと、大きな洞窟に入っていった。かべも天井《てんじょう》も、柱みたいな岩がびっしり。自然《しぜん》にできたっていうより、まるで巨大《きょだい》なアートね。

暗がりのむこうに、むこう側《がわ》の景色《けしき》が明るくうかんでいる。通りぬけられなくて残念《ざんねん》！

洞窟がせまくなると、イカ丸はバックして、洞窟をあとにした。

ふと下を見ると、リックが船室のいすにもたれて、ぐったりしている。

「リック、どうしたの？　顔が白いわよ。まさか船酔《ふなよ》い？」

「んなわけないよ。」

リックはそういったけど、気分がわるそうだ。こんなに凪《な》いだ海で船酔《ふなよ》いになるのって、逆《ぎゃく》にすごいけど。

「それよかさ。千葉《ちば》くん、韓国語《かんこくご》わかる？」

「韓国語？」

「ちょっと思いついたんだ。」

リックはメモ帳《ちょう》をひろげて、遺書《いしょ》にあった辞世《じせい》の句《く》を見せた。

『風さむき　窯《かま》も古びし　松浦津《まつらづ》か
白波《しらなみ》の下　花ちる夜明け』

「さむき」と「ちる」のところが、丸でかこんである。

「丸をつけたとこ、韓国語ってことはないかな。」

「どうして？」

「波多親《はたちかし》は朝鮮半島《ちょうせんはんとう》の陶工《とうこう》たちと接《せっ》していたから、言葉も知っていたと思うんだ。だったら暗号につかうには、もってこいじゃない。」

「韓国語！」千葉くんは大きな声をだした。「おれが知っとるのは『ちんぐ』と『かむさはむにだ（ありがとう）』と『ましっそよ（おいしい）』だけとけど……。」

となりにいたカップルが、わらってわたしたちを見た。

大学生くらいの、赤いTシャツのお姉さんがいった。

「わたし、ソウルからきました。日本語、勉強《べんきょう》しています。」

「あ、じゃあこの丸じるしのところか、韓国語《かんこくご》じゃないですか？」

お姉さんはリックのメモを見て、まばたきをした。

「うーん。『ちる』は、数字の七のことね。『さむき』はありませんけど、『さむ』は、数字の三。」

「それだ！」

リックが、あえぐようにいった。

「七は、七《なな》ツ釜《がま》の七だよ。三は、七つのうちの三番目ってことじゃないかな。」

リックは、遠ざかっていく七ツ釜に目をこらした。

「えっと、東ってどっちかな。」

「いまはいった洞窟《どうくつ》が、いっちょん東より」と千葉《ちば》くんが答えた。「左から三番目なら、あのちっちゃい洞窟やけど。」

わたしは、わけがわからなかった。

「七っていうのは、岸岳《きしたけ》の七《なな》つ窯《がま》じゃないの？」

「じゃあ三は？　むこうの七つ窯は、三と関係なかったじゃない。」

リックが必死《ひっし》な顔で、メモ帳《ちょう》をたたいた。

「遺書《いしょ》に、『かさねて祈《いの》る』って言葉があったよね。かさなっているのはナナツガマで、山のなかの七つ窯だけじゃなくて、海の七ツ釜にも宝《たから》があるってことじゃないのかな。『白波《しらなみ》』っていうのは、やっぱり海をしめしてるんだよ。」

だいぶ、ひどい船酔《ふなよ》いみたいね。

「それはちょっと強引じゃない？」

韓国人《かんこくじん》のお姉さんは、ぽかんとしている。わたしたちは、とりあえずお礼《れい》をいった。

「それだけじゃないんだ。」

リックは、しつこかった。

「宋青磁《そうせいじ》の壺《つぼ》は『波多氏伝来《はたしでんらい》の宝《たから》』で、子孫《しそん》のためにのこした。でも遺書《いしょ》の最後《さいご》には『松浦党《まつらとう》の宝守《たからもり》』として役が果《は》たせなかったって書いてある。『波多氏伝来の宝』と、『松浦党の宝守が守るべき宝』って、べつなものなんだよ！」

わたしは、よくわからなくなってきた。

そうするあいだにも、七ツ釜《ななつがま》は、どんどん遠ざかっていく。

「いいつたえや！　松浦党の宝守が守るとは、草薙剣《くさなぎのつるぎ》やろ？」

鼻の穴《あな》をふくらませて、千葉《ちば》くんがいった。

19 アン、遺言《ゆいごん》を語る

リック

「うーん。でもそんなことをしていたら、飛行機《ひこうき》にまにあうかな。」

うちらの計画をきいた伝兵衛《でんべえ》さんは、いい顔をしなかった。

「まだ十一時前だよ。つぎの機会っていったって、そうそう唐津《からつ》までこられないし。」

「おねがい！」

うちら三人は、伝兵衛さんと紗和《さわ》さんをおがんだ。

うちらがたてた計画は、こうだ。

千葉《ちば》くんは七《なな》ツ釜《がま》の近くに住んでいて、ボートを持っている。子どもなら三人でものれるそうだ。

イカ丸をおりたら車で千葉くんの家に行き、子ども三人はボートで、大人《おとな》ふたりは陸路《りくろ》で七《なな》ツ釜《がま》をめざす。

七ツ釜の上は公園になっている。伝兵衛《でんべえ》さんと紗和《さわ》さんは上からうちらを見まもれるし、うちの携帯《けいたい》で連絡《れんらく》もつく。

東からみっつめの洞窟《どうくつ》に草薙剣《くさなぎのつるぎ》がかくしてあるかどうか、たしかめるまでは帰れない。

だけど紗和さんも、計画には反対だった。

「時間よりなにより、あぶないからだめよ。宋青磁《そうせいじ》の壺《つぼ》はあったんだし、もうじゅうぶんじゃないの。お宝《たから》さがしにうつつをぬかすのは、いいこととは思えないわ。こんどばかりは陸《りく》ちゃんの推理《すいり》も、こじつけみたいにきこえるし。さがしにいっても、みつかるとは思えない。」

いつになく、紗和さんの口調《くちょう》はきつかった。

けれどアンは、きっとなっていいかえした。

「ママ、わすれちゃったの？『やる前から、あきらめるな。しあわせになれるチャンスがあったら、逃《のが》しちゃいけない。』パパは死ぬ前に、そういったじゃない。それがパパの遺言《ゆいごん》だから、わたしはぜったいにそうやって生きるの。お宝をみつけたら、わたしはすっごくしあわせな気分になれる。それにね、波多氏《はたし》のお殿《との》さまだって、宝《たから》をたのむって遺言《ゆいごん》をのこして死んだのよ。なのにどうしてじゃますの？」

ふだんは意味不明《いみふめい》だけど、アンってたまに、いいことをいうんだ。

紗和《さわ》さんははっとしたように、アンを見つめた。

目もとが、みるみるうるんでいく。

「やだママ、なにも泣《な》かなくても。」

「泣いてないわ。」

紗和さんは、目をこすった。

「そうよね。やる前からあきらめて、しあわせを逃《のが》しちゃいけないわね。」

紗和さんはうるんだ目で、千葉《ちば》くんを見た。

「でもボート、ほんとうにあぶなくない？」

千葉くんは、力強くうなずいた。

「呼子《よぶこ》の海は、おれの庭やけん！」

「心配なのは、リックの船酔《ふなよ》いよ。」アンが、よけいなことをいう。「リックはママたちと

いっしょに陸路《りくろ》がいいんじゃない？　海のアン、陸のリックってことで。」

冗談《じょうだん》じゃない。

「おいてったら、泳いでいってやる。」

そう。いっとくけど、泳ぐのはとくいなんだ。問題は船だけ。

伝兵衛《でんべえ》さんもアンに「お父さんのいうとおりにしたほうがいいよ」といってくれた。

「決まり！」

イカ丸が呼子《よぶこ》の港につくやいなや、うちらは船からとびだしていた。全速力で車までかけもどったのに、伝兵衛さんと紗和《さわ》さんは、もたもたしてなかなかこない。

大人になると、風のように走れなくなるんだよ。

「早く！」

ぜえぜえいってる伝兵衛さんをせきたてて、うちらは車にのりこんだ。

千葉《ちば》くんの家は、海岸ぞいの平家《ひらや》だった。

「すぐくるけんね。」

そういって、千葉くんはぴゅんと家に入ると、つかいふるした青いリュックサックを手にしてもどってきた。

「ほんとうに、すぐだったね。」

「海にでるのに必要《ひつよう》なもんは、いつも用意しとるけん。」

きりりとした顔で、千葉《ちば》くんはいった。ガキっぽいと思ってたから、ちょっと見なおす。

伝兵衛《でんべえ》さんと紗和《さわ》さんも、千葉くんの船を見についてきた。

港では、漁《りょう》をおえた漁師さんたちが、網《あみ》をつくろったり、漁船の手入れをしている。

ねじりはちまきをしたおじいさんが、千葉くんにわらいかけた。

「航《わたる》、どがんしたとね。やーらしか女の子つれて。」

「いやらしい女の子？」

うちらがぎょっとしていると、千葉くんはぶっきらぼうにいった。

「かわいいってこと。」

「へえ、そうなの。」

アンが、まんざらでもない顔をする。

千葉くんは、白いペンキをぬったボートをゆびさした。漁師船《りょうしぶね》とくらべると、いかにもちっぽけだ。

「これが、おれと兄ちゃんの『はてみ丸』。兄ちゃんは剣道部《けんどうぶ》の合宿に行っとるけん、つかってもだいじょうぶ。」

千葉くんは、いいわけするようにいった。

賭《か》けてもいいけど、千葉くんはお兄さんに、勝手にボートをつかうなっていわれてるね。先に生まれただけで、いばるやつっているんだよ。

「いいボートじゃない。」

アンがいうと、千葉くんは歯を見せた。

「さあ。草薙剣《くさなぎのつるぎ》ばさがしや行こうで！」

「出発進行！」

そうしてうちらは、海へこぎだした。

20　三番目の洞窟《どうくつ》

アン

千葉《ちば》くんはさすがになれた手つきで、オールをさばいている。

「気をつけてね！」

心配そうなママと伝兵衛《でんべえ》さんのすがたが、どんどん遠ざかっていく。ママたちはボートを見おくると、いそいで車にもどっていった。

イカ丸にのっていたときより、ずっと潮《しお》のにおいが強い。波のゆれが、じかにつたわってくる。

ああ、海っていいなあ。心がせいせいする。

雲が、くっきりと白い。あわだてたクリームみたい。

「平気？」

わたしはリックにきいた。まだ顔が青いもの。

「遊覧船《ゆうらんせん》より、ずっとまし。やっぱり問題はにおいなんだよ、におい。」

リックは、強がりをいった。

千葉《ちば》くんは力強くボートをこぎながら、陸地《りくち》に目をむけた。

「海にでて陸を見とると、海にいるほうがほんとうで、陸は仮《かり》のねぐらごたる気がする。」

「あ、それわかる！」とわたしはいった。「海にいるほうが、なつかしい気がするの。」

「海にいるほうが、なつかしい。よか言葉ばい。」

千葉くんは、一人前の男みたいに、しみじみといった。

「松浦党《まつらとう》のひとたちも、そういう感覚《かんかく》だったのかな」とリック。

「ばあちゃんがいっとったけど、このあたりはうんと米がとれるわけでもないし、みんなで助けあわなけりゃ、生きてはいけん土地やったって。」

「だから一味同心《いちみどうしん》か。縦《たて》のつながりより、横のつながりが大事だったんだね。」

「そういうのって、すてきよね。ここらへんって、いまでも、そういうところがあるの？」

「あるある。玄界灘《げんかいなだ》で漁《りょう》をしとるもんは、みんな仲間《なかま》やけんね。東京のおえらいさんは、なんもわかっとらんって、父ちゃんもよくいいよる。」

潮《しお》のながれにのって、船は、七《なな》ツ釜《がま》にどんどん近づいていく。

それにしても日ざしがきつい。帽子《ぼうし》があってよかった。千葉《ちば》くんのひたいには、玉のような汗《あせ》がうかんでいる。

「イカ丸は一時間おきでくるけん、そのすきに洞窟《どうくつ》ば探索《たんさく》せんといかん。」

わたしたちは岩壁《がんぺき》のかげにかくれて、遊覧船《ゆうらんせん》が七《なな》ツ釜《がま》をあとにするのをまった。

携帯《けいたい》は、わたしがあずかった。ママから「だいじょうぶ？」のメールがひっきりなしにくるので、めんどくさいったらない。

岩壁に近づくと、潮のながれがかわるのがわかった。ボートのゆれが大きくなったので、わたしはしっかりふちをつかんだ。かたよった体重をかけて、ボートが転覆《てんぷく》したらこまるもの。

ボートから見る七ツ釜は、さっきより迫力《はくりょく》がある。

東からみっつめの洞窟は、七ツ釜のなかでもちいさいけど。

「幅《はば》は二メートルもないし、天井《てんじょう》も低いね」とリックがいう。

わたしは手をのばして、玄武岩《げんぶがん》のかべをさわった。

「うわあ、かたい。ごつごつしてる。」

玄武岩の柱はきちきちにならんでいて、どこにもすきまがない。

千葉《ちば》くんはリュックから懐中電灯《かいちゅうでんとう》をとりだすと、明かりをつけた。

「奥《おく》は二十メートルくらいで、行きどまりになっちょる。」

水は透明《とうめい》で、海底《かいてい》もよく見える。

「海の底も玄武岩なのね。」

「地球の海底は、ほとんど玄武岩だよ」とリック。「とにかく、つきあたりまで行ってみようよ。」

めじるしがないかと見まわしながら、わたしたちは洞窟《どうくつ》の奥にたどりついた。

三人で、ぺたぺたとつきあたりのかべをまさぐる。

「かべのどこかがボタンになってて、がーっと扉《とびら》があくのかも。」

「あのね、ハリウッド映画《えいが》じゃないんだから。それに壇ノ浦《だんのうら》のあとに宝剣《ほうけん》をかくしたとしたら、八百年以上《いじょう》の時間がたってるんだ。そのあいだに浸食《しんしょく》がすすんでるから、もとの洞窟とはかたちがかわってるはずだよ。」

「八百年かあ！」

ため息のような千葉《ちば》くんの声が、洞窟《どうくつ》にひびく。

「『白波《しらなみ》の下』っていうんだから、お宝《たから》は海の下かもよ。」

わたしはボートから首をだして、目をこらした。

リックも千葉くんから双眼鏡《そうがんきょう》をかりて、海底《かいてい》をくまなくしらべだした。

エメラルドグリーンの水底が、さそうようにゆらめいている。

光をはなつ魔法《まほう》の剣《けん》がしずんでいたら、ほんとに神秘的《しんぴてき》なのに。

「やっぱり、もぐらないとむりかしら。」

わたしがいいおわらないうちに、千葉くんがシャツをぬいで、ざぶんと海にとびこんだ。

魚みたいに泳いで、海底をさぐっている。

わたしとリックは、息をころして千葉くんのすがたを追った。

千葉くんはさすがに息が長かった。こっちが心配になるほどもぐっている。

やっと、息つぎにぷわっとういてきた。

「どう？」

千葉《ちば》くんは首を横にふって、また海にもぐった。

「わたしたちも、水着を持ってくればよかったわね。」

「千葉くんがいなけりゃ、パンツ一丁《いっちょう》で泳ぐんだけど。」

リックなら、千葉くんがいてもやりかねない。

じれたリックは、天井《てんじょう》をしらべだした。わたしはずっと海底《かいてい》を見ているうちに、くらくらしてきた。

洞窟《どうくつ》を一周《いっしゅう》しても、なにもみつからない。

波が、たぷんたぷんと岩壁《がんぺき》をあらう。

千葉くんはうかびあがって、ボートのへりにつかまった。

「なんもみつからん。」

「やっぱり、見当《けんとう》ちがいかな。」

リックが、ため息をつく。

「反対側《はんたいがわ》から三番目の洞窟かもよ。そっちに行ってみない？」

「つぎの遊覧船《ゆうらんせん》がくるけん、いったんでんといかん。」

「しかたないね。」

リックはくやしそうに、頭をかいている。わたしは千葉《ちば》くんがボートにあがるのをてつだった。千葉くんは持ってきたタオルで、からだをふいている。

ボートが洞窟《どうくつ》をでると、太陽《たいよう》の光がまぶしかった。

「おーい。」

上から、声がきこえた。

見あげると岸壁《がんぺき》の上で、ママと伝兵衛《でんべえ》さんが手をふっている。

リックはママたちに、両手でばってんをつくってみせた。「みつからない」のサインだ。

わたしは上にいるふたりに手をふった。

そしたら、目が見えたの！

21 緑の目　リック

「緑色の目が、こっちを見てる！」

アンが、すっとんきょうな声をあげた。

「なにいってんの？」

「洞窟《どうくつ》の上。ほら、緑色の目があるでしょ？」

アンが興奮《こうふん》して立ちあがったので、ボートが大きくかしいだ。

うちは、アンがゆびさすほうを見た。

「あの、岩がくぼんでるとこ？　かげになってて、よく見えないけど。」

千葉《ちば》くんが双眼鏡《そうがんきょう》をのぞいた。

「ほんとだ！　奥《おく》のほうに、目ん玉みたいな緑が見えるばい。」

うちらは、かわりばんこに双眼鏡《そうがんきょう》をのぞいた。

「あの緑、草だよ。草がはえてるんだ。」

「でも、へんじゃない？　あんなふうに、丸くはえてるの。」

「たしかに、ちょっと人工的《じんこうてき》だね。」

「ものすごく人工的よ。ねえ、あそこ、見にいけない？」

うちは、くぼみの周囲《しゅうい》を見わたした。

「行けないことはないな。上からおりるのはむずかしそうだけど、横から洞窟《どうくつ》の上をつたっていけば。千葉《ちば》くん、どう？」

千葉くんも、うなずいた。

「したら、七ツ釜《ななつがま》のはずれにボートばとめるけん。早うここをどかんと、もう遊覧船《ゆうらんせん》がくるけん。」

うちらがしゃがむと、千葉《ちば》くんはいそいでボートをこぎだした。

上を見あげると、伝兵衛《でんべえ》さんと紗和《さわ》さんが、わけがわからないという顔をしている。

「ママ。大発見したから、もうちょっとだけまってて。」

アンはそれだけいって、携帯《けいたい》をきった。

七ツ釜をよこぎってまわりこむと、ボートをのりあげられる岩場があった。うちらはそこから、岸壁《がんぺき》をつたって七ツ釜の上にでることにした。

先頭は千葉くんで、アン、しんがりはうち。アンには、ちょっとタフなコースだ。

「スカートにしなくて、正解《せいかい》。」

岩のすきまにはえた草をつかみながら、アンがいった。パンツをはいてるのはいいんだけど、上はばかでかいリボンのついたブラウスだ。

「海賊《かいぞく》の宝《たから》さがしをするってわかってたら、マリンボーダーのTシャツにしたのに。」

「おしゃべりより、のぼるのに集中しなよ。」

アンのへっぴり腰《ごし》にはらはらしながら、うちは岩場をつたった。リュックをしょった千《ち》葉《ば》くんのほうは、からだをかがめて、器用《きよう》にのぼっている。

いまどきめずらしい、つかえる男子だ。

「しっ。」

千葉くんがするどくいって、身をかがめた。

「いま、イカ丸が洞窟《どうくつ》に入ったけん。」

うちら三人はしゃがみこんだまま、イカ丸が七《なな》ツ釜《がま》をはなれるのをまった。

また携帯《けいたい》が鳴ったので、アンはいらいらといった。

「ママ、だいじょうぶだったら。伝兵衛《でんべえ》さんと鏡山《かがみやま》の展望台《てんぼうだい》でも行ってたら？　いそがしいんだから、とうぶんかけてこないで！」

アンは電話をきって、首をふった。

「親って、ほんとに手がかかるわ。」

遊覧船《ゆうらんせん》は、うんざりするくらいのろのろと、七ツ釜をでていった。うちらはまた立ちあがって、玄武岩《げんぶがん》の上をすすんでいった。

洞窟《どうくつ》の上を歩くのは、ゆるいカーブの屋根《やね》をつたうのに似《に》ていた。下は、緑色の海。

「きゃっ！」

アンが足をすべらせて、しりもちをついた。

「だいじょうぶ？」

だから気をつけろっていったのに。助けおこすと、アンはうちにしがみついてきた。

「もうちょっとやけん、がんばって！」

先にくぼみにたどりついた千葉《ちば》くんが、声をあげる。

アンはよたよたとくぼみにたどりつき、千葉くんに助けてもらった。うちも、すぐあとにすべりこむ。

くぼみはぎりぎり両手をひろげられるくらいの幅《はば》で、三人が立つといっぱいになった。

そして奥《おく》には、緑の目。

いびつだけど、半径《はんけい》三十センチってとこかな。玄武岩のかべに、丸いかたちに草がはえている。

「なんで、こんなかたちに草があるんだろ？」

さわってみると、そこだけ玄武岩《げんぶがん》ではなく土の面なのがわかった。だから、草がかたまってはえていたんだ。

「玄武岩をくりぬいて、土をつめたのかもよ。」

アンは草をむしって、土をひっかきだした。

うちと千葉《ちば》くんも、草をひきぬき、土壁《つちかべ》をくずしていった。

からだから、どんどん熱《ねつ》がわいてくる。うちら三人は、たちまち汗《あせ》まみれになった。

「シャベルがあるといいんだけどな。」

「もどって、持ってきたほうがよかと？」

「そのほうがいいみたい。つめがぼろぼろになっちゃう。」

アンはうんざりしたように、よごれた指で服のリボンをむすびなおしている。

うちはほりすすんだところを、どすんとたたいた。

ぼろっと、土がくずれる。

え？　もしかして。

指をつっこむと、すっとむこう側《がわ》につきぬけた。

「あっ！」

「なに？」

「穴《あな》があいた！　うしろが空洞《くうどう》になってる！」

穴に顔をおしつけると、空気がながれるのがわかった。アンと千葉《ちば》くんも、あらそって穴をのぞきこむ。

「ほんとだ！」

うちらはわき目もふらずに、穴をひろげはじめた。

アンももう、文句《もんく》はいわなかった。一味同心《いちみどうしん》って、こういうことをいうのかも。うちらは熱《ねつ》にかられて、もくもくと土をくずしていった。

土壁《つちかべ》のうしろには、たしかに空洞《くうどう》がある。

直径《ちょっけい》が十センチ近くなった穴に、顔をくっつけた。かべのむこうに、ひとひとり立てるぐらいの、ごくせまい空洞が見える。

懐中電灯《かいちゅうでんとう》をあてると、左のほうにすきまが見えた。

「奥《おく》に、つながってるみたい。」

「やった！」

アンと千葉《ちば》くんが、歓声《かんせい》をあげる。

ふいに、男の声がした。

「なるほど、ここだったのか。」

うちらはぎょっとして、ふりむいた。

くぼみの入り口に立っていたのは、大原《おおはら》だった。

22 ご対面《たいめん》 アン

びっくり。

なんで、大原《おおはら》先生がここにいるの？

わたしたち三人はあぜんとして、大原先生を見つめた。大原先生はわたしたちをおしのけて、穴《あな》をのぞきこんだ。

「どうして……。」

やっとのことで、わたしはそういった。

「もう一度、地図をたしかめてみたのさ。」

大原先生は腰《こし》をかがめてのぞきながら、そういった。自分が持ってきたほそい懐中電灯《かいちゅうでんとう》で、穴の奥《おく》を照《て》らしている。

「『風さむき』が北をさしているなら、岸岳《きしたけ》の北にはなにがあるのかと思ってね。すると『七《なな》ツ釜《がま》』という地名が目に入った。もしかしたらと思ってきてみたら、案《あん》の定《じょう》というわけだ。」

「ていうか、七ツ釜でうちらを見かけて、これさいわいとあとをつけてきたんでしょう?」

リックが、肩《かた》をいからせた。

「そうよ。わたしたちなんか、『さむ』と『ちる』が韓国語《かんこくご》の『三』と『七』だって気がついて、ここをさがしあてたのよ。」

「ほんなこつ、ずうずうしか男ばい!」

大原《おおはら》先生は、鼻でわらった。

「ずうずうしいのは、どっちかね。波多親《はたちかし》の遺言状《ゆいごんじょう》を発見し、苦労《くろう》して復元《ふくげん》したのは、いったいだれだと思っているんだ。あとからしゃしゃりでてきたのは、きみたちだろう。」

「だってもう、誠《まこと》さんからお金をうけとったじゃない。」

「遺書《いしょ》と、宋青磁《そうせいじ》の壺《つぼ》の代金としてね。これからみつかるかもしれない宝《たから》については、なんの契約《けいやく》もかわしていない。」

「これは、松浦党《まつらとう》の宝《たから》ばい！　あんたには、なんの権利《けんり》もなか！」

大原《おおはら》先生は、千葉《ちば》くんに目をむけた。

「そういうところを見ると、きみは松浦党の子孫《しそん》なのかね？」

千葉くんは、胸《むね》をそらした。

「そうばい！　おれは千葉航《わたる》！」

「なるほど。たしかに千葉氏は松浦党の一員として名前があがっているが、こっちのふたりも松浦党の子孫だというのかな？」

「それは……ちがうとけど……。」

「ならば、ぼくも遠慮《えんりょ》する必要《ひつよう》はないだろう。それともきみたちは、このなかにあるものは、自分たちのものだとでもいうつもりかね？」

大原《おおはら》先生は、すっとナイフをとりだした。

ぞっとしてあとずさると、大原先生はわたしたちに背《せ》をむけて、がつがつ穴《あな》をひろげはじめた。

「アン。携帯《けいたい》。」

リックにささやかれて、わたしははっとした。

そうだ。ママたちに連絡《れんらく》しよう！

ポケットに手をいれて、わたしはあら？　と思った。

ない！

わたしがあわてているので、リックは声をとがらせた。

「なにしてんの？」

「携帯がないの！」

「なんで？」

「わからない。消えちゃった！」

「んなわけないよ。もしかして、ころんだときにおとしたんじゃない？」

「そうかも。」

「携帯《けいたい》、なくしたと？」

千葉《ちば》くんが、がっくりした顔でわたしを見る。

「さがしてくる！」

わたしは、ぱっと外にとびだした。

まずは、どっちからきたのか考えなくちゃ。

じまんじゃないけど、方向感覚《ほうこうかんかく》って、あんまりよくないの。おまけにここ、岩しかないし。

ころんだと思うあたりに行って見まわしてみたけれど、携帯はみつからない。わたしは、足もとにひろがる海を見おろした。海におとしたんだとしたら、どうしようもないわね。

リックと千葉くんが心配なので、洞窟《どうくつ》にもどることにした。

ざくざくと、土をけずる音がする。

ナイフを手にした大原《おおはら》先生がまんなかに立ち、すごいいきおいで穴《あな》をひろげている。そのわきからリックと千葉《ちば》くんが手をのばして、けんめいに土をくずしている。

「なんで協力《きょうりょく》してるの？」

「協力してるんじゃないよ！」

リックがきっとなって、ふりかえる。

「ぬけがけされないように、がんばってるんだ。こいつが先にみつけたら、ネコババするにきまってる！　それより携帯《けいたい》は？」

わたしが首をふると、リックは鬼《おに》みたいな顔をした。

「てつだって！」

リックは、またがしがしと穴をほりだした。

てつだいたくても、もう入りこむすきまがない。

大原先生は、リックと千葉くんをうまいことつかって、自分がいちばんのりする気でいるみたい。

はらはらして見ていると、千葉《ちば》くんの前のかべが、ぼろっとくずれた。
千葉くんが、ぱっとなかにもぐりこむ。
「あっ、まて！」
大原《おおはら》先生がナイフをほうりなげ、千葉くんの足をつかむ。
その手を、リックが思いっきりふんづける。
千葉くんはからだをくねらせて、穴《あな》のなかに消えていった。
大原先生が、うなり声をあげてリックをつきとばす。
「リック！」
わたしは地面におちたナイフをすばやくひろって、くぼみの外になげすてた。
大原先生はわたしたちをにらみつけると、むりやり穴をくぐりぬけた。
すぐに立ちあがったリックと、わたしがつづく。
空洞《くうどう》の横にあるすきまをくぐりぬけると、わたしは息をのんだ。
暗闇《くらやみ》のなか。懐中電灯《かいちゅうでんとう》の光に、顔がうかびあがっている。
その顔は、かすかな微笑《びしょう》をたたえていた。

23
松浦党《まつらとう》の宝《たから》
リック

すきまのむこうにあったのは、ほこらのような空間だった。

奥《おく》のかべの彫刻《ちょうこく》をほどこした台座《だいざ》の上に、一メートルほどの石像《せきぞう》がのっている。

みずらを結《ゆ》った童子《どうじ》。

勾玉《まがたま》をつらねた首かざりをさげて、左手になにか丸いもの、右手には、剣《つるぎ》をにぎっている。

大原《おおはら》は口をぽかんとあけて、石像を見つめている。

うちら三人も、息をつめて石像を見あげた。

声をあげておどろいたり、さわいだりしちゃいけない。

そんなおごそかな気分にさせるようななにかが、その像にはあったから。

「これ、安徳天皇《あんとくてんのう》、よね？」

アンの言葉に、うちはうなずいた。

「まちがいないと思う。松浦党《まつらとう》のひとたちが、この像《ぞう》をつくったんだ。」

「いいつたえは、ほんとうだったばい……。」

千葉《ちば》くんが、あえぐようにいう。

「左手に持っているのは、鏡《かがみ》だろう。」

きいてもいないのに、大原《おおはら》がいった。

「首には勾玉《まがたま》、手には剣《つるぎ》。三種《さんしゅ》の神器《じんぎ》を持たせたということか。剣だけは金属製《きんぞくせい》のようだが……。」

「じゃあ、これが草薙剣《くさなぎのつるぎ》？　すっごおい！」

暗がりのなか、アンは両手を組んで、目をきらめかせている。

大原が剣に光をあて、目をこらした。青銅《せいどう》か、鉄《てつ》かな。長さは四十センチぐらいで、いがいに小ぶりだ。にぎりの部分は、龍《りゅう》がまきついたようなかざりがほどこしてある。大原が用意した剣とおなじで、まんなかはふくらんでいたけれど、剣先はカーブがゆるやかだった。

背中《せなか》がぞくぞくする。

もしかしてこれ、歴史的瞬間《れきしてきしゅんかん》ってやつ？

「まさか……信《しん》じられん。いいつたえどおり、松浦党《まつらとう》は草薙剣《くさなぎのつるぎ》をみつけて持ちかえったのか？　これがほんものだとしたら、たいへんな発見だぞ。」

大原《おおはら》は、すっかり興奮《こうふん》してうわずっている。

うちはそんな大原を見て、冷静《れいせい》にならなきゃと思った。

「ほんものかどうかは、まだわかりませんよ。安徳天皇《あんとくてんのう》の霊《れい》をしずめるために、松浦党が剣をつくって、この像《ぞう》に持たせたのかもしれない。」

「その可能性《かのうせい》は低いな。」

大原は、ばかにするようにいった。

「だったらどうして、松浦党はこの像をこれほど秘密《ひみつ》にしておいたんだ。剣がにせものなら、ここまで厳重《げんじゅう》にかくす必要《ひつよう》はないだろう。」

それはそうかもしれないけど、あんたに指摘《してき》されたくない。

「松浦党《まつらとう》のひとが、安徳天皇《あんとくてんのう》の夢《ゆめ》を見たっていういいつたえがあったでしょう。夢で見た草薙剣《くさなぎのつるぎ》をほんものと信《しん》じて、似《に》せた剣をつくったとしたらどうです？　三種《さんしゅ》の神器《じんぎ》は天皇でさえ見てはいけないものなんだから、秘密《ひみつ》にするべきだと思ったのかも。」

「そうそう、わたしも、その夢を見たの！」とアンがさけぶ。「でもわたし、この剣はほんものだって気がする。」

「おれも、この剣はほんものやと思う。」

千葉《ちば》くんが、かみしめるようにいった。

「安徳天皇は草薙剣ば持って、唐津《からつ》を守ってくれとらすとや。そいでなかったら、なして元寇《げんこう》のとき、二度も神風《かみかぜ》がふいたと？」

「ゲンコー？」

いつものように、アンに説明《せつめい》する。

「鎌倉《かまくら》時代に、モンゴル帝国《ていこく》が日本にせめてきたんだよ。一二七四年の文永《ぶんえい》の役《えき》と、一二八一年の弘安《こうあん》の役《えき》。二回とも北九州《きたきゅうしゅう》が戦場《せんじょう》になった。でも鎌倉武士《ぶし》の活躍《かつやく》と、ぐうぜん嵐《あらし》がきたせいで、二回とも敵軍《てきぐん》が壊滅《かいめつ》したんだ。」

「松浦党《まつらとう》も、おおぜい亡《な》くなったとよ。一族が死にたえた家もあったとに、『自分らの土地を守るためにたたかっただけだ』ちゅうて、鎌倉幕府《かまくらばくふ》はなんもしてくれんかったって、学校の先生がいうとった。」

「それって、壇ノ浦《だんのうら》よりあとの話?」

「だから鎌倉時代だっていってるじゃない。」

「いまどきの子どもが、ずいぶん非科学的《ひかがくてき》なことをいうもんだな。」

なめるように剣《つるぎ》を見ていた大原《おおはら》が、あきれていった。

「ふいたのは神風《かみかぜ》ではなく、ただの暴風雨《ぼうふうう》だ。超自然的《ちょうしぜんてき》な現象《げんしょう》など、みんな迷信《めいしん》だよ。」

うちとおなじ意見なのが、なんかむかつく。

「そいでん、どげんすると?　剣ばみつけたこと、みんなにいうと?」

千葉《ちば》くんは、思いつめた顔をしている。

「どういうこと?」

「こいは、松浦党の宝《たから》ばい。波多氏《はたし》がずーっと守ってきよらして、あたらしい宝守《たからもり》がひきつぐようにって、親公《ちかしこう》が遺言《ゆいごん》した宝やっけんね。ここにあると知れたら、東京のえらいひとらがやってきて、持っていってしまうとやろ？」

「このまま、秘密《ひみつ》にしておきたいってこと？」

大原《おおはら》がいるんだから、それはむりだと思うけど。

「それもそうよね。これからは千葉《ちば》くんが、宝守《たからもり》になればいいのよ。」

アンが、のんきにいう。

「草薙剣《くさなぎのつるぎ》がなくたって、だれもこまらないんだし。」

「ほんなこつ？」

千葉くんが、期待《きたい》をこめてアンを見る。

「リックがいってたじゃない。草薙剣はいま皇居《こうきょ》にあるし、熱田神宮《あつたじんぐう》にもあるんだって。

唐津《からつ》にほんものがあるってわかったら、かえってこまるんじゃない？」

「えっ。ほかにも草薙剣があると？」

「まあ、あるっちゃあるんだけど」とうちはみとめた。

「しかも二本。」

アンは指を二本立ててみせた。

「いくら三種《さんしゅ》の神器《じんぎ》だからって、三本はいらないでしょ。」

「しかし、いちばん価値《かち》があるのは、この剣《つるぎ》だ。」

大原《おおはら》が、いとしげに剣をなでている。

「そして、それはわたしのものだ！」

勝ちほこった声をあげて、大原が像《ぞう》から剣をひきぬいた。

24 守られたもの　アン

ほんとうに、あっというまのできごとだったわ。

剣《つるぎ》は石像《せきぞう》がしっかりにぎっていると思っていたから、剣を手にした大原《おおはら》先生を見て、わたしたちはあっけにとられた。

「かえせ！」

「どろぼう！」

リックと千葉《ちば》くんが、声をあげる。

「最初《さいしょ》にみつけたのは、千葉くんよ！」

大原先生は、ずるそうにわらった。

「子どもがなにをいおうと、相手にされるものか。こっちは大学教授《きょうじゅ》だぞ。」

「大学教授《きょうじゅ》だったら、文化財《ぶんかざい》を私物化《しぶつか》するな！」

リックはかんかんになっている。

びっくりするのは、これから。

目をぎらつかせて台座《だいざ》をおりてきた大原《おおはら》先生は、わたしたちの前に立つなり、とつぜん消えちゃったの。

どさっていう、いたそうな音がそれにつづいた。

リックが懐中電灯《かいちゅうでんとう》で照《て》らすと、深い穴《あな》の底《そこ》に、大原先生がたおれていた。

「剣《つるぎ》は？」

「おれが持っちょる。」

千葉《ちば》くんが、剣を手にしていた。

「おちる瞬間《しゅんかん》に、もぎとったけん。」

「good《グッ》 job《ジョブ》！」

リックが千葉くんに、親指を立てる。

「でもなんで、ここに穴があるの？」

「おとし穴《あな》だ。どろぼうよけに、しかけてあったんだな。さすが松浦党《まつらとう》。」

「なして、おれらが立ってたときは、平気だったんやろ。」

「体重が軽いからじゃない？」

「年代もののしかけだから、作動《さどう》するのがおくれたか。もしかしたら、剣《つるぎ》をひきぬいたらうごくしかけなのかもね。」

安徳天皇《あんとくてんのう》が、守ってくれたのかも。

うーんと、穴の底《そこ》からうめき声がきこえた。

「あ、生きてる。」

わたしたちはしゃがみこんで、穴《あな》をのぞきこんだ、
よろよろと起きあがった大原《おおはら》先生は、わっと声をあげた。

足をくじいたみたい。顔をしかめてかべに手をかけたけれど、つるつるで高さもあるか
ら、はいあがってはこれないわね。

「いたたた。なんなんだこれは！」

大原先生は、悪態《あくたい》をついている。

こんなこといっちゃいけないけど、いい気味。

「いい気味だ」とリックがいった。

「あっ、剣《つるぎ》はどこへ行った？　どろぼう、剣をかえせ！」

「それは、うちらのせりふだよ。松浦党《まつらとう》がどんな気持ちで剣を守ってきたか、あんたは考
えてもいないんだ。そんなんじゃ、歴史家《れきしか》として失格《しっかく》だね。」

「ほんと。すこしは反省《はんせい》したら？　よくばってるから、借金《しゃっきん》がふえるのよ。」

「この、クソなまいきなガキどもが！　のんびり見とらんで、手をかさんか！」

「ここのこつ、秘密《ひみつ》にすると誓《ちか》えば、助けてやる。さもなきゃ、このままほっといて日干《ひぼ》

しにしてやるけんな。」

千葉《ちば》くんが、海賊《かいぞく》っぽい声をだした。

そうよね。ここのことは、わたしたちしか知らないんだし。

「くっそう。骨《ほね》がおれたかも……。」

「だれにもいわないと誓うか。」

「誓う誓う。いいから早く助けてくれ。」

大原《おおはら》先生は、どすんとかべをたたいて、また顔をしかめた。

「どうする？　なんか、信用《しんよう》できないわね。」

「ほんものの海賊なら、口封《くちふう》じに殺《ころ》すんだろうな。」リックが、こわいことをいう。「でもまあ、そういうわけにもいかないし。」

「だけどわたしたちでひっぱりあげるのは、むりじゃない？」

「父ちゃんをよんでくるけん。漁師仲間《りょうしなかま》にも、松浦党《まつらとう》の子孫《しそん》がいるし。」

わたしとリックは、うなずいた。

「でもね千葉くん、大原が約束《やくそく》を守るかどうかはべつにして、もしもこの剣《つるぎ》がほんものの三種《さんしゅ》の神器《じんぎ》なら、やっぱり、みんなに知らせるべきだと思うよ。」

リックの言葉に、千葉《ちば》くんは、きゅっと口をひきむすんだ。

「わかった。ほんものだったら、そうするけん。」

千葉くんはうやうやしく、安徳天皇《あんとくてんのう》に剣《つるぎ》をかえした。

わたしは、台座《だいざ》の彫刻《ちょうこく》に目をとめた。

「船をこいでるひとたちが、たくさんいる。」

「こっちには、女のひとがのった船があるばってん。」

「それはきっと、平家《へいけ》のひとたちだね。非戦闘員《ひせんとういん》の水夫《すいふ》が殺《ころ》されたって話、誠《まこと》さんがしてたじゃない？　安徳天皇もそうだけど、これみんな、壇ノ浦《だんのうら》で亡《な》くなったひとたちなんだよ。」

「松浦党《まつらとう》はずっーと、この像《ぞう》を守ってきたんやね……。」

千葉くんが、石像の前で手をあわせる。

安徳天皇が、ふっとわらった気がした。

大原《おおはら》先生はまだわめいていたけど、わたしたちは耳をかさなかった。

洞窟《どうくつ》の外にでると、リックはわたしが思っていたのとは逆《ぎゃく》の方向に歩きだした。そしてすぐに、ぴたりと足をとめた。

「アン。」

リックがひろいあげたのは、わたしがおとした携帯《けいたい》だった。

25 アンのひとこと リック

あとしまつは、千葉《ちば》くんと誠《まこと》さんがひきうけてくれた。大原《おおはら》は病院《びょういん》にはこばれたけど、たいしたけがじゃなさそうだ。

飛行機《ひこうき》にのりおくれたうちらは、新幹線《しんかんせん》で千葉へもどった。

紗和《さわ》さんと伝兵衛《でんべえ》さんは、草薙剣《くさなぎのつるぎ》らしきものがみつかったことより、うちらの無事がうれしかったみたい。

「電話がつうじなくなってからは、ほんとうに心配で胸《むね》がつぶれそうだったわ。」

「まさか大原先生があらわれるとは、思ってもいなかったな。おとし穴《あな》におちたのが、あいつでよかったよ。」

伝兵衛さんは帰り道のあいだ、ひどく上機嫌《じょうきげん》だった。

旅行から帰ってしばらくして、そのわけがわかった。

「ママね、伝兵衛《でんべえ》さんと再婚《さいこん》することになりそう。」

「えっ、そうなの？」

「伝兵衛さんね、鏡山《かがみやま》の夕焼《ゆうや》けをバックにプロポーズするのが、前からの夢《ゆめ》だったんですって。」

「そういうこと考えるのって、ふつう女のほうじゃない？」

「伝兵衛さん、ロマンチストなのよ。でもけっきょく、鏡山プロポーズ計画はおじゃんになったの。じつはママね、たたり作戦《さくせん》の夜に、いっぺん伝兵衛さんをふったのよ。」

はい。そのことなら知ってます。

「伝兵衛さんがプロポーズするつもりなの、ママは気がついていたのよね。でも伝兵衛さんのためには、波左間屋《はざまや》をてつだってくれるひとと結婚《けっこん》するほうがいいと思ったんですって。ママって、へんに気をつかうところがあるのよ。でもわたしのひとことで、思いなおしたの。」

「なにをいったの？」

「ほら、パパの遺言《ゆいごん》よ。『やる前から、あきらめるな。しあわせになれるチャンスがあったら、逃《のが》しちゃいけない。』だからママも、そうすることにしたってわけ。」

アンは手柄顔《てがらがお》で、鼻をうごめかせた。

「でも伝兵衛《でんべえ》さんも、すみにおけないのよ。『凪《な》いだ海だと思って船出して、嵐《あらし》にあうこともある。あれた海にこぎだしても、晴れることもある。大事なのは、信頼《しんらい》できる相手と船にのることだ。』そういったんですって。」

それ、誠《まこと》さんのパクリだけど。

でもまあ、よかった。

「アンのママって精神《せいしん》が安定してるから、いっしょにいてらくだよね。たとえば誠さんが伝兵衛さんのパートナーだったら、気が休まらないんじゃないかな。気持ちの波があらくて、伝兵衛さんなんか、いいようにふりまわされちゃいそうだもの。」

「いえてる。やっぱりあのひとには、海の男がお似《に》あいだわね。」

「じゃあ伝兵衛さんが、アンのあたらしいお父さんになるんだ。」

アンはちょっと、いやな顔をした。

「わたしのパパは、パパだけよ。」

「父親としてはみとめないってこと？」

「そんなことないわよ。伝兵衛さんとなら、うまくやっていけると思うわ。」

やれやれ。

めでたしめでたしってわけには、まだいかないみたいだね。

26 おしまいはイカ

アン

二学期がはじまってしばらくして、千葉《ちば》くんから手紙がきた。

洞窟《どうくつ》でみつけた剣《つるぎ》を鑑定《かんてい》してもらったら、だいたい八百年から九百年くらい前、つまり壇《だん》ノ《の》浦《うら》の合戦《かっせん》があったころに、つくられたことがわかったんですって。つまりあの剣は草薙剣《くさなぎのつるぎ》じゃなくて、松浦党《まつらとう》のひとたちがつくったものらしいの。

ほんものじゃなくてがっかりだけど、うれしい発見もあった。宋青磁《そうせいじ》の壺《つぼ》につまっていたのは、ただの砂《すな》じゃなくて、砂金《さきん》だったの！

いずれ松浦党の記念館《きねんかん》をつくって、壺や遺書《いしょ》をならべる計画もあるらしいわ。誠《まこと》さんが松浦党の子孫《しそん》をあつめて、玄海楼《げんかいろう》で秘密会議《ひみつかいぎ》をひらいたの。そこで多数決で、安徳天皇像《あんとくてんのうぞう》がみつかったことを、おおやけにすることが決まったそうよ。七《なな》つ窯《がま》の発掘《はっくつ》も、すこしずつすすめていくんですって。

千葉《ちば》くんも、手紙では標準語《ひょうじゅんご》だった。

「みつかったのが草薙剣《くさなぎのつるぎ》でなかったのは残念《ざんねん》ですが、松浦党《まつらとう》のご先祖《せんぞ》たちが、安徳天皇《あんとくてんのう》はじめ壇ノ浦《だんのうら》で亡《な》くなったひとたちの死をかなしむ気持ちは、ほんものでした。だからぼくはその気持ちを宝《たから》として、これからもずっとつたえていきたいと思います」ですって。

封筒《ふうとう》には、イカのキーホルダーが入っていた。

かわいい顔の白いイカで、赤いリボンがついている。

これ、呼子《よぶこ》の朝市《あさいち》で売っていたのよね。いろんな色があって、まよっているうちに買いそびれちゃったの。千葉くん、おぼえていてくれたんだ。

どっちかっていうと、ハートのついたピンクのイカがよかったんだけど。

リックとおそろいかしら。わたしにだけってことはないわよね。

リックのは、怒《おこ》った顔の黒いイカかも。

わたしはランドセルにイカをつけて、学校へ行った。

「ほら見て。千葉くんが送ってきたの。」

「ああ、うちにも手紙きた。」

「ふうん。じゃあイカも入ってた？　なに色のイカ？」

「べつに、どうだっていいじゃない。」

「なんで、おしえてよ。」

「……ピンク。」

リックは、むっとしている。

「ピンク？　リックに、ピンクのイカがきたの？」

「まったくあいつ、なに考えてんだか。」

「ほんとよねえ。ピンクのだったら、ハートつきでしょ。」

ハート？

リックは照《て》れたように、そっぽをむいている。

「えっ、うそ。千葉《ちば》くんて、もしかしてリックが好《す》きだとかいってきたの？」

「うるさいな。そんなことないよ。」

あやしい。

リックほどじゃないけど、千葉《ちば》くんも、ちょっとかわってるものね。

ま、べつにいいけど。

こんどの宝《たから》さがしで不満《ふまん》があるとすれば、また男くさい宝だったってこと。お侍《さむらい》がらみの宝は、もういらないわ。

つぎこそ、きらきらした、乙女《おとめ》チックな宝をみつけたい！

みんなも、そう思うでしょ？

（おわり）

あとがき

アンとリックの二度目の冒険《ぼうけん》を読んでいただき、ありがとうございました。

今回も、ほんとうにおきたことと、空想《くうそう》がいりまじったお話です。どこまでが史実《しじつ》なのか、まとめてみましょう。

壇《だん》ノ《の》浦《うら》で幼《おさな》い安徳天皇《あんとくてんのう》と、神器《じんぎ》の宝剣《ほうけん》が海に消えたことは、史実とされています。

松浦党《まつらとう》も、実在《じつざい》の集団《しゅうだん》です。ただし資料《しりょう》が少ないので、くわしい活動は、よくわかっていません。平家《へいけ》に味方して壇ノ浦の合戦《かっせん》にのぞみましたが、とちゅうから源氏《げんじ》に加勢《かせい》したのは、たしかなようです。

松浦党のひとりが安徳天皇と宝剣の夢《ゆめ》を見て、洞窟《どうくつ》に像《ぞう》を残したというのは、まったくのフィクションです。

波多氏《はたし》最後《さいご》の当主、波多親《はたちかし》は実在の人物。一五九二年の文禄《ぶんろく》の役《えき》で、秀吉《ひでよし》の命をうけて朝鮮《ちょうせん》半島に出兵しましたが、日本に帰る船のなかで改易《かいえき》をいいわたされ、そのまま関東に流されました。ゆるされて唐津《からつ》にもどるとちゅうに亡《な》くなったという説もあるのですが、遺書《いしょ》がみつかったというのはフィクションです。

波多親が城主《じょうしゅ》だったころの岸岳《きしたけ》に複数の窯《かま》があったのは、ほんとうです。

文禄・慶長《けいちょう》の役《えき》は「やきもの戦争」ともいわれ、このとき朝鮮半島からつれかえった陶工《とうこう》によって、唐津焼が発展したといわれています。けれど岸岳には、それ以前から朝鮮半島の陶工が入っていたのです。本文中では「七つ窯《がま》」としましたが、岸岳古窯跡《こようあと》は現在八つ確認されていて、そのうち五つが国指定の史跡となっています。

波多氏が岸岳城を追われたせいで、窯で働いていたひとびとも、散り散りになってしまいました。このことは「岸岳崩《きしたけくず》れ」ともいわれています。彼らは肥前《ひぜん》(いまの佐賀県と長崎県のあたり)でまた窯をひらいて技術をつたえたようです。

千葉《ちば》くんや誠《まこと》さんがしゃべる唐津弁《からつべん》については、唐津在住の増田美保さんと下野幹子さんにチェックしていただきました。この場をかりて、深くお礼もうしあげます。

なお「ふーけもん」という言いかたは、いまでは若いひとはしないそうなのですが、とてもすてきな言葉なので、あえて使わせていただきました。

呼子《よぶこ》の七ツ釜《ななつがま》は、ほんとうにあります。イカ丸にのって観光を楽しめますが、くれぐれもよじのぼって、洞窟《どうくつ》をさがさないでくださいね。

参考文献

『日本の歴史6　武士の登場』武内理三・中公文庫
『日本の歴史7　鎌倉幕府』石井進・中公文庫
『逆説の日本史6　中世神風編　鎌倉仏教と元寇《げんこう》の謎』井沢元彦・小学館
『逆説の日本史11　戦国乱世編　朝鮮出兵と秀吉の謎』井沢元彦・小学館
『源平合戦の虚像を剥ぐ　治承《じしょう》・寿永《じゅえい》内乱史研究』川合康・講談社学術文庫
『平家の群像　物語から史実へ』高橋昌明・岩波新書
『平家物語』（全4巻）梶原正昭・山下宏明校注・岩波文庫
『三種の神器　謎めく天皇家の秘宝』稲田智宏・学研新書
『海賊の掟』山田吉彦・新潮新書
『海の武士団　水軍と海賊のあいだ』黒嶋敏・講談社選書メチエ
『知識ゼロからのやきもの入門』松井信義監修・幻冬舎

作　小森 香折（こもり かおり）

東京都に生まれる。『ニコルの塔』でちゅうでん児童文学賞大賞、新美南吉児童文学賞を受賞。作品に「歴史探偵アン＆リック　里見家の宝をさがせ！」『いつか蝶になる日まで』『レナとつる薔薇の館』など、翻訳に『ぼくはきみのミスター』などがある。

絵　染谷 みのる（そめや みのる）

奈良県に生まれる。イラストレーター、漫画家。
書籍の装画や挿絵、雑誌での漫画執筆を中心に活動中。おもな挿画作品に「歴史探偵アン＆リック　里見家の宝をさがせ！」「妖精のパン屋さん」シリーズなどがある。ホームページ http://asapi.client.jp//

歴史探偵アン&リック

壇ノ浦に消えた剣

2016年1月　初版第1刷

作者＝小森 香折
画家＝染谷みのる

発行者＝今村正樹
発行所＝株式会社 偕成社　http://www.kaiseisha.co.jp/
〒162-8450 東京都新宿区市谷砂土原町3-5
TEL 03（3260）3221（販売）　03（3260）3229（編集）

印刷所＝中央精版印刷株式会社　小宮山印刷株式会社
製本所＝株式会社常川製本

NDC913 偕成社 222P. 19cm ISBN978-4-03-635920-2

本のご注文は電話、ファックス、またはEメールでお受けしています。
Tel: 03-3260-3221 Fax: 03-3260-3222 e-mail: sales @ kaiseisha.co.jp
乱丁本・落丁本はお取りかえいたします。